Das Rätsel Mann – das Rätsel Frau

Bibliografische Information der Deutschen Nationalbibliothek:
Die Deutsche Nationalbibliothek verzeichnet diese Publikation in
der Deutschen Nationalbibliografie; detaillierte bibliografische
Daten sind im Internet über <http://dnb.d-nb.de> abrufbar.

© 2008 Axel Springer Mediahouse München GmbH
© der Einzelbeiträge bei den AutorInnen
Herstellung und Verlag: Books on Demand GmbH, Norderstedt
Artwork und Illustrationen:
Axel Springer Mediahouse München GmbH
ISBN: 978-3-8370-3255-0

Das Rätsel Mann
–
das Rätsel Frau

27 Kurzgeschichten
von
Jolie-Leserinnen

Inhaltsverzeichnis

Das Rätsel Mann

Das Rätsel Frau

Das Rätsel Mann

1. Männer und das Sockenphänomen

von Maike Hirsch

Man muss noch nicht einmal zwingend mit einem Vertreter des männlichen Geschlechts zusammenleben, um das Phänomen der herumliegenden Socken beobachten zu dürfen. Auch vorübergehende Bekanntschaften neigen zu dem Verlust dieser, nicht unbedingt attraktiven, Kleidungsstücke. Frauen, die noch keine Erfahrungen auf diesem Gebiet sammeln konnten, stehen dem Ganzen anfangs noch wohlwollend gegenüber. »Hach, er ist halt sehr beschäftigt, und es kann ja mal passieren, dass er vergisst, seine Socken in die Wäsche zu legen.« Neulinge begehen sogar den Fehler und übernehmen diese Aufgabe für ihn. Oder sie sind vernünftigerer Natur und lassen sie liegen, in der Annahme, der Besitzer würde früher oder später auf seine Abkömmlinge aufmerksam werden und sie selbstständig aufräumen. Doch weit gefehlt! Erfahrene Frauen wissen: Männliche Socken auf dem Fußboden sind nicht minder dauerpotent wie ihre Besitzer und vermehren sich zusehends. Täglich kommen neue hinzu, und es drängt sich einem der Verdacht auf, es handele sich bei Strümpfen um ausgesprochene Herdentiere. Doch warum haben Männer denn überhaupt dieses »Sockenherumliegenlassen-Gen«?

Ich habe da über die Jahre eine ganz eigene These aufgestellt. Animiert hat mich dazu mein Hund, ein Rüde, der bei jedem Gassigang einen Rekord im Markieren aufzustellen versucht. Männliche Hunde, das ist ja bekannt, markieren ihr Revier, um Gleichgesinnten klarzumachen: »Alles meins; meine Straße, meine Laterne, meine Bushaltestelle, und das ist auch ganz alleine MEIN Baum!« Nun, ich glaube, dass Männer mit ihren Socken ebenfalls ihr Revier markieren möchten. Ob es sich nun um die Bart-Simpson- oder um die Hugo-Boss-Socke handelt,

9

egal; sie sollen allen anderen Männern, die das Schlafzimmer betreten, vermitteln: »Hier wache ich. Siehst du nicht diese geringelten Dinger da in Größe 45? Du hast hier nichts verloren. Meine Wohnung, mein Bett, meine Frau.«

Meine These zieht noch viele andere Überlegungen nach sich. So zum Beispiel die Fragwürdigkeit der Art des Markierens. Hunde heben ja ihr Bein, um ihre Duftmarke möglichst hoch setzen und in Nasenhöhe der anderen Vierbeiner platzieren zu können. Wäre es als Mann nicht auch sinnvoller, die Socken in Augenhöhe an der Wand zu montieren? Vielleicht sollte man ihm anbieten, entsprechende Haken zu befestigen. Dann würden die Strümpfe wenigstens nicht mehr auf dem Boden herumliegen...

Trotz der Erkenntnis, dass es sich bei seinem kontinuierlichen Sockenverlust lediglich um einen Urinstinkt handelt und man(n) quasi gar nicht anders kann, sollte man ihm diese Unart versuchen abzugewöhnen. Am besten eignet sich hierbei die Methode, ihn bei erfolgreicher Ausführung seiner Aufgaben gründlich zu loben (womit wir wieder beim Hundevergleich angekommen wären). Hat er seine Socken selbstständig in die Wäsche gelegt, bekommt er ein Leckerli, ähm, Pardon, einen Kuss natürlich. Dann erledigt sich das Problem bald ganz von allein.

»Komm her, Schatz, das hast du fein gemacht!«
»Wuff!«

Maike Hirsch

Mehr Informationen über die Autorin unter www.jolie.de/darkhoney

2. Stell dir vor, du wachst auf und bist ein Mann ...

von Anita Sperling

Sex mit einer Frau?? Moment, Moment... erstens bin ICH auf dieser außergewöhnlichen Reise »nur« dein unsichtbarer Begleiter und kein Flaschengeist, zweitens befindest DU dich gegenwärtig noch frühmorgens im Bett und müsstest dir eine geeignete Kandidatin erst noch aufreißen.

Also noch einmal von vorn...

Szenario, morgens im Schlafzimmer: Du bist ein gut aussehender (logisch, ist ja deine Geschichte), sportlich gebauter, durchtrainierter, großer, dunkelhaariger Mann, Anfang dreißig, Single, jobmäßig wohlsituiert und dein Name ist Adam (verleiht der Geschichte gleich einen glaubwürdigen Touch, findest du nicht?).

Adam, du hast heute deinen freien Tag. Frei? Super! Du hast also ausgezeichnete Laune und springst aus dem Bett. Deine Männlichkeit begrüßt dich in voller Pracht. Du schaust ein wenig irritiert in deine Hose, um dann doch leicht gerührt »Hallo Morgenlatte, du bist aber... groß« zu sagen. Hast du da etwa grade mit deinem Penis gesprochen? Du wolltest nicht unhöflich sein? Gut, das lassen wir erst mal so stehen. Erst mal aufs Klo. Im Stehen? Schon im Sinne der Morgenlatte und der Tatsache, dass es durchaus klappen könnte, würde ich persönlich mit JA stimmen.

Das war als erste männliche Amtshandlung doch super. Okay, okay, es freihändig zu versuchen war ein wenig übermütig, aber für das erste Mal ganz gut. Jetzt duschen. Toll, geht viel schneller als sonst, ganz ohne Beine rasieren, Haarspülung und dem ganzen Pipapo. Und diese sexy Muskeln erst ... Bist schon ein Leckerchen, muss ich zugeben. An die Haare überall müssen wir uns noch gewöhnen, vor allem unter den Achseln, aber sonst ... nicht von schlechten Eltern. Das Handtuch nach dem Abtrocknen nicht unter den Achseln einschlagen, sondern lässig, männlich um den knackigen Hintern schwingen und auf den Hüften zur Ruhe kommen lassen. Zuletzt noch der Gesichtsbehaarung zu Leibe rücken, kitzelt ein wenig, fertig ist die Morgentoilette. Was stellen wir an? Fitnessstudio? Da laufen jede Menge Frauen rum, die wahrscheinlich nur auf dich warten. Außerdem müssen wir noch deine Muskeln testen. Alles klar? Los geht's ...

Szenario, Fitnessstudio: Jooo, ich würde sagen, wir fallen auf. Immer schön lässig lächeln und freundlich grüßen, gleich beißt bestimmt eine an. Wie wäre es mit der hübschen Blondine dort drüben, die sieht doch sehr gelenkig aus ... Ach so, du stehst eher auf dunkelhaarig, okay, das ist mal was Neues... Dahinten, die vielleicht? Die sieht so weit gut aus, geh mal hin und lass sie innerlich dahinschmelzen.

Was war DAS denn? Ich fasse es nicht, dass du diesen Spruch rausgehauen hast, den fandest du doch immer oberdämlich. Okay, du bist wohl nicht der spontane Frauenaufreißer. Lass uns gleich mal in deinem Handy nachschauen, da finden wir bestimmt ein Date für heute Abend. Alex, Chrisi, Ike, Jojo, Kaja, Luca ... Mann, Mann, Mann, du lässt nichts anbrennen, oder? Hmm, schauen wir doch mal, wer die 1 auf der Kurzwahlliste ist ... Sieh mal an ... Eva ... wie treffend, passt namentlich doch ganz gut. Ruf an und frag, ob sie heute Abend schon was vorhat.

Das war doch gar nicht so schwer für den Anfang. Albertos Pizzeria um 20 Uhr, gut gemacht. Jetzt kaufen wir für Eva ein kleines Geschenk. Was sagst du, Bestechung? Also so direkt würde ich das nicht sagen. Frauen lieben Geschenke und sind nach einer netten Aufmerksamkeit praktischerweise gleich viel herzlicher. Blumen sind zwar schön, aber irgendwie so 08/15-mäßig. Schokolade geht gar nicht, da muss man sich schon näher kennen, Frauen sind sehr wählerisch. Ein Buch, nein. Nicht, dass sie denkt, wir würden ihren weiblichen Intellekt unterschätzen. Eine schöne CD, das ist es. Praktisch, nicht zu überladen, und beim Hören wird sie an dich denken, perfekt. Was nehmen wir? Klassik? Jazz? Sollte ja schon in gewisser Hinsicht deine innere Reife repräsentieren. Ich hab's, La Traviata, Arien und Duette, das hört sich intellektuell, romantisch und ein wenig dekadent an, genau das Richtige.

Szenario, zu Hause: Was du anziehen sollst? Ist jetzt 'n Witz, oder? Hose, Hemd, Schuhe, fertig. Jetzt fang bloß nicht an rumzuexperimentieren, und »Ich hab nix zum Anziehen« will ich gar nicht erst hören. Der Kleiderschrank ist voll, ich glaub, hier gibt es bei Männchen und Weibchen keinen großen Unterschied. Geht doch, siehst super aus. Jetzt hast du sogar noch etwas Zeit, um dich ein wenig vor dem Fernseher zu entspannen. Wird nur mir von dem ganzen Gezappe schlecht? Gut, langsam können wir losgehen, bis zur Pizzeria sind es knappe 20 Minuten, und vergiss das Geschenk nicht. Okay, es sind doch nur 10 Minuten, habe vergessen, dass sich deine Schrittlänge über Nacht verdoppelt hat. Lass uns noch eine Runde um den Block spazieren. Eva wird sich garantiert etwas verspäten, und alleine in der Pizzeria rumsitzen ist auch nicht so spannend.

Szenario, Pizzeria: 20.21 Uhr, wo ist Eva? Langsam wirst du ungeduldig, schließlich geht es ja immer noch um deine männliche Entjungferung. Ich glaube, da kommt sie, jetzt schön entspannt und total gelassen aussehen, die paar Minuten Verspätung können einen Mann wie dich ja nicht aus der Ruhe bringen. Wie im Bilderbuch: Küsschen links, Küsschen rechts, Mantel abnehmen, Stuhl zurechtschieben, bist ja ein wahrer Gentleman. Lass sie ein wenig zur Ruhe kommen, die Gute sieht ganz schön abgehetzt aus. Entweder sie konnte es nicht abwarten, dich zu sehen, oder die Geschichte mit dem platten Autoreifen stimmt tatsächlich. Egal, frag sie, was sie trinken möchte. Wenn der Alkoholpegel steigt, fällt die Scham. Ist ja gut, ist ja gut, der war grenzwertig, aber schließlich willst du sie ja ins Bett kriegen. Ich versuche nur, den ein oder anderen Tipp einzuschleusen. Ganz schön hübsch, die Eva, und freizügig anscheinend auch, nettes Dekolleté. »Hallo, ihr zwei«, wer mit seinem Penis redet, darf auch mit Brüsten sprechen, ist klar. Jetzt guck ruhig noch mal hin, nicht dass Eva beleidigt ist, weil du nicht wertschätzt, was sie äußerlich zu bieten hat.

Dialog Eva und Adam:

E: »Hab schon gedacht, die Erde hätte dich verschluckt, hab mir bisschen Sorgen gemacht. Wie geht es dir mittlerweile?«

A: »Freue mich auch sehr, Eva, ehrlich. Schön, dass du gekommen bist. Bei mir läuft alles super. Und selbst? Hoffe, alles okay?« (Grübel: Wieso mittlerweile?)

E: »Na, das freut mich aber zu hören. Habe gedacht, dass du vielleicht noch ein wenig mitgenommen bist und dich deshalb nicht meldest. Als du angerufen hast, habe ich gedacht, es gäbe vielleicht Neuigkeiten.«

A: (total irritiert: Neuigkeiten? Mitgenommen? Hä?) »Ach Quatsch, ich und mitgenommen, nein, nein, so schnell haut mich nichts um, bin doch 'n echter Kerl. Was für Neuigkeiten?«

E: »Ich weiß nicht, vielleicht hat er wieder angerufen, keine Ahnung. Wenn alles okay ist, brauchen wir die kalte Suppe ja nicht wieder aufwärmen, oder? Reichst du mir bitte das Brot?«

A: (Irritationsmaximum erreicht: ER???) »Von welchem ER sprechen wir denn jetzt?« (Bitte nicht, bitte nicht, bitte, bitte mach, dass ich nicht schwul bin ...)

E: »Na, von Alex. Die Butter auch, bitte ...«

A: (Bitte nicht, bitte nicht, bitte, bitte nicht ...) »Alex?«

E: »Ja, Alex, dein Ex. Ich sag dir, der kommt bestimmt wieder angekrochen, wenn der erst mal merkt, was er an dir hatte. Da sagt man, Männer wären unkompliziert, pah, dabei läuft es bei euch auch nicht anders als bei uns. Ich sag dir mal, wie ich die Sache sehe: Männer sind Schweine, okay, du jetzt nicht, aber alle anderen ... Schätzchen, du bist ja ganz bleich ... Bist du sicher, dass alles in Ordnung ist?«

Anita Sperling

Mehr Informationen über die Autorin unter www.jolie.de/nitchen0210

3. Gebrauchsanweisung Mann

von Georg Klinkhammer

*E*ndlich steht es im Flur ihrer Wohnung, das mannshohe Paket. Die Gebrauchsanweisung hängt eingetütet außen an der Verpackung. Aufkleber rundherum deuten auf das empfindliche Gut im Innern hin. »Handle with care« steht da, oder »Nicht stürzen« usw. Ulla ist auf einmal ganz aufgeregt. Trotzdem zwingt sie sich zur Geduld und fingert die Betriebsanleitung und einen Buntprospekt heraus. So bewaffnet wirft sie sich klopfenden Herzens in einen Wohnzimmersessel.

Der Prospekt bietet alle lieferbaren Doresitto an wie Sauerbier. Schnell sind die einzelnen Angebote überflogen.

87-A-7205-CB, Typ Alex, V1.07: Dein Sesselpupser. Aktuelle Bugfixes:

*Kann jetzt auch Wäsche vorsortieren.

*Trinkt Wein statt Bier (Plugin: Alle Weine dieser Welt integriert).

*Rülpst nicht mehr bei Tisch.

87-A-7206-CC, Typ Jake, V1.02: Macho. Sonderangebot. Nur, solange Vorrat reicht.
Software wird nicht mehr supported.

87-A-7210-AA, Typ Heinz, V1.07b: Der Frauenversteher. Ab Juli lieferbar. Bitte vorbestellen. Das neue Modell glänzt durch folgende Features:

*Heinz hört Ihnen stundenlang zu, nickt gelegentlich verständnisvoll mit dem Kopf und hält dabei auf Wunsch Ihre Hand.

*Er ist ein Meister im Umarmen.

* Er bekocht Sie wie Paul Bocuse. U. v. m.

Jetzt schnappt sie sich das Handbuch. Es ist ziemlich dick, da es für den weltweiten Versand gedacht und darum in allen möglichen Sprachen verfasst wurde. Im Index findet sie dennoch rasch die deutschsprachige Version und blättert dorthin. Dann fängt sie an zu lesen.

»Herzlichen Glückwunsch zum Erwerb eines unserer hochwertigen Produkte. Damit Sie lange Freude daran haben, lesen Sie bitte die Gebrauchsanweisung sorgfältig durch. Bewahren Sie für den Fall berechtigter Reklamationen die Originalverpackung bis zum Ablauf der Gewährleistungsfrist auf. Herzlichst,
Ihr Creatures-of-God-Team«

Dann wird's endlich spannend. So lange hat Ulla darauf gewartet. Es bedeutet eine ungeheure Überwindung, sich die Zeit zum Lesen zu nehmen. Aber Fehler möchte sie in jedem Fall vermeiden. Also dann. Die technischen Daten kommen als Erstes, sind kurz gefasst und bestätigen im Prinzip nur ihre Bestellung:

»Doresitto, Typ Alex, Gewicht: 80 kg, Länge ü. Alles: 185 cm.«

Und weiter liest sie: »Öffnen Sie die Verpackung vorsichtig. Benutzen Sie keine Messer mit langer Klinge, das Doresitto könnte beschädigt werden. Nach dem Öffnen steht das Wunderwerk vor Ihnen. Zum Aktivieren geben Sie dem Doresitto einen Kuss auf den Mund. Manchmal funktioniert es auch durch bloßes Anlächeln, aber dieses Feature ist noch in der Erprobung. Herstellungsbedingt kann es zu gewissen Verzögerungen beim Start kommen. Wenn das Doresitto also verspätet reagieren sollte, hilft meist ein vorsichtiger Griff in den Schritt.
     Es ist so programmiert, dass es den Kuss erwidert. Rechnen Sie aber vorsichtshalber mit weiteren Reaktionen. Es kann

vorkommen, dass das Doresitto Sie nach kurzem Check der Wohnung sofort ins Schlafzimmer drängen möchte. Dies ist kein Fehler, sondern ebenfalls ein Feature. Wir haben versucht, die gewünschten Gentleman-Funktionen so ausgeprägt wie möglich zu gestalten. Dennoch verfällt das Doresitto gelegentlich in steinzeitliche Verhaltensmuster. Dies hatten wir Ihnen jedoch schon in unseren allgemeinen Geschäfts- und Lieferbedingungen mitgeteilt.

Das Doresitto lässt sich vom Benutzer NICHT ausschalten, es sei denn mit Gewalt. Dadurch erlischt jedoch jeglicher Garantieanspruch. Wenn Sie aus Reklamationsgründen das Doresitto zurückschicken möchten, reicht eine kurze Mail an uns. Wir kümmern uns unverzüglich darum. Einmal aktiviert, ist das Doresitto recht anspruchslos. Gute und ausreichende Kost sowie die empfohlene Tagesration Bier reichen aus, um seinen Betrieb aufrechtzuerhalten. Damit Sie jedoch die maximale Freude an Ihrem neuen Doresitto haben, raten wir zu weiteren täglichen Maßnahmen.«

»Was denn noch?«, denkt Ulla, während sie weiterliest. »Das Doresitto ist heterosexuell. Wie bereits weiter oben erwähnt, bedarf es für eine zufriedenstellende Funktion gelegentlicher Bettaktivitäten. Wenn frau hierbei keine Fantasie entwickelt, wird das Doresitto mit größter Wahrscheinlichkeit die Standardprozedur wählen. Das hat jedoch den Nachteil, dass es dazu neigt, anderen Frauen nachzuschauen. Wenn Sie dies längere Zeit ignorieren, ist die Gefahr eines temporären Besitzerwechsels gegeben. Beherzigen Sie also, dass das Doresitto die Abwechslung liebt, dann schließen Sie diese Möglichkeit mit einiger Sicherheit aus.

Das Doresitto ist vielseitig interessiert. Wir haben ihm die typischsten Merkmale eines Mannes mitgegeben. Es liebt Sport, solange er vom Fernsehsessel aus genossen werden kann. Seine Festplatte enthält die aktuellen Ergebnisse der Fußballbundesliga sowie die wichtigsten Daten des Formel-1-Zirkus. Am

Wochenende schätzt es demnach eine störungsfreie Session am Fernsehapparat. Hierbei können Sie unterstützend für kühle Getränke sorgen. Spricht das Doresitto Sie an, sind Sätze wie ›Ja, mein Schatz‹ oder ›Sofort, mein Liebling‹ sehr stimmungsförderlich. Vermeiden Sie unter allen Umständen zu widersprechen, verspätet für Getränkenachschub zu sorgen oder andere Handlungen, die dazu angetan sind, seinen Betrieb zu beeinträchtigen.

Sollten Sie das Doresitto zum Broterwerb einsetzen, sorgen Sie für pünktlich serviertes Abendessen. Schon die Begrüßung an der Tür entscheidet, welches Programm gestartet wird. Umarmung, Lächeln, Kuss und die Frage, wie sein Tag war, lassen jeden Abend gelingen. Wenn das Doresitto von Problemen auf der Arbeit anfängt, heucheln Sie Interesse und Mitgefühl. So setzen Sie alle Schalter in seinem Großhirn auf Grün.

Das Doresitto ist nicht geeignet, längere Einkaufstouren mitzumachen. Es ist bisher nicht gelungen, diese Funktion fehlerfrei zu implementieren. Wenn es sich nicht vermeiden lässt, lassen Sie zumindest Schuh-, Handtaschen-, und Bekleidungsgeschäfte aus. Wenn auch dies unvermeidlich ist, halten Sie seine Stimmung dadurch aufrecht, indem Sie ihm versprechen, danach noch in ein Elektronikfachgeschäft seiner Wahl zu gehen. Wieder zu Hause, gestatten Sie ihm den unbefristeten Aufenthalt vor dem Fernseher oder in einer Gaststätte.«

Ullas Laune sinkt mit jedem Satz, den sie da lesen muss. In der Werbebotschaft klang das alles noch ganz anders. »Ist wohl genauso wie auf Urlaubsprospekten«, denkt sie. Mit einem Finger hält sie die Stelle der Gebrauchsanweisung fest, an der sie gerade angekommen ist. Mit der anderen Hand blättert sie vor. »Das sind ja noch mindestens dreißig Seiten. Wenn das so weitergeht, mach ich die Packung gleich wieder zu.« Dennoch liest sie weiter.

»Das Doresitto ist ein wahrer Schatz. Es kann Gewichte schleppen, an die Sie sich nie herangetraut hätten. Sein integriertes

Programm ›Die Axt im Haus erspart den Zimmermann‹ ist unser ganzer Stolz. Vermeiden Sie jedoch, ihn eine Waschmaschine füllen und starten zu lassen, wenn Sie weiße Wäsche nicht hinterher rosa haben möchten. Auch Bügeln ist nicht seine Stärke. Leider wissen wir bis heute nicht, ob es gerne den Staubsauger bedient. Wir haben hier keine Gesetzmäßigkeiten feststellen können.«

In diesem Tenor geht es weiter. Viele ellenlange Seiten. Mal ist Positives, mal Negatives zu lesen. Nachdem Sie fertig ist, ist die ursprüngliche Euphorie dahin. Was soll sie jetzt nur tun? Sie hat doch so lange gewartet. Auf der anderen Seite haben sich jetzt alle Warnungen ihrer Freundinnen bestätigt. Unschlüssig geht sie zurück in den Flur. Schließlich öffnet sie die Verpackung, und da steht es, nein, er. Ein Traum von Mann, zumindest optisch. So mies, wie in der Gebrauchsanweisung beschrieben, wird er schon nicht sein. Oder doch? Aber sie kann ihn ja immer noch zurückgeben, wenn er Mängel aufweist.

Also gibt sie ihm einen dicken Kuss.

Georg Klinkhammer

Mehr Informationen über den Autor unter www.jolie.de/chablis

4. Schatz, wie viele Frauen hattest du schon?

von Gloria Otto

O b frisch zusammen oder schon fast verheiratet: Irgendwann fällt die Frage, wie viele Partner schon vor einem da waren. Und manche möchten diese Frage auch ganz ehrlich beantwortet haben.

Ich nicht. Als ich meinen Freund mal fragte, woher der kleine dunkle Fleck auf seinem hellen Schlafzimmerteppich komme, und er antwortete, da habe mal eine kurze Bekanntschaft einen Schluck Wein ausgekippt, war mein Toleranzbogen schon bei Weitem überspannt.

Denn ich möchte mir nicht vorstellen, was ein Mädchen mit einem Glas Wein in seinem Schlafzimmer getan hat. Und vor allem: Was danach noch passiert ist.

Denn auch wenn mir klar ist (und ich irgendwie dafür dankbar bin), dass mein Freund sexuelle Erfahrung hat, muss ich nicht wissen, welche Nation ihm auf seiner sexuellen Weltkarte der Begegnungen noch fehlt. Und wenn wir eine Pizza essen gehen, muss er mir nicht sagen, dass er mal was mit der Barfrau hatte.

Was nützt mir diese Information? Ich würde sie nur argwöhnisch unter die Lupe nehmen und mir bildlich vorstellen, wie sich diese Frau mal in den Kissen gewälzt hat, in denen ich nun schlafe.

Wenn ich die Frage gestellt bekomme, wie viele Männer ich schon hatte, dann sage ich immer, ich kann sie noch an beiden Händen abzählen. Das ist nicht gelogen, lässt aber auch viel Spielraum für Spekulationen. Und: Wie viele an einem Finger wurde ich noch nie gefragt.

Gloria Otto

Mehr Informationen über die Autorin unter www.jolie.de/gloria86

5. Das Rätsel Mann – Socken, Sex und Salami

von Heidi Marchel

*I*ch sitze da und starre die Tasten an. Es ist Sonntagmorgen, 9.15 Uhr, und ich habe eigentlich keine Ahnung, was zum Thema Rätsel Mann bzw. Rätsel Frau noch zu sagen bleibt. Regelrecht erschlagen werden wir von Ratgebern wie »Männer sind vom Mars und Frauen von der Venus« oder von psychologischen Ratgebern in der neuen aktuellen Frauenzeitschrift, gleich neben den Backrezepten, um fünf Pfund in drei Tagen zu verlieren.

Wir Frauen unterhalten uns bei unseren Mädelsabenden über das Phänomen Mann, lesen Bücher und Zeitschriften und wissen im Nachhinein genauso viel wie davor. Wenn ich dagegen mein Exemplar daheim von »primitiv, aber glücklich« betrachte, wird nichts gelesen oder analysiert. Es wird sich am Hintern gekratzt, während die Wurstscheibe in den Mund wandert. Mario Barth wird zum ultimativen Gott erklärt, und fertig ist die Beziehungsanalyse.

Dann sitzt er mir plötzlich gegenüber am Küchentisch, in seinem Jogginganzug (weil Schlafanzüge ja schwul sind), und belegt seine Sandwichscheiben mit Senf und Salami. Obendrauf kommen noch zwei Scheiben Käse, natürlich Vollfettstufe, und paar saure Gurken aus dem Glas. Während ich meinen Bionaturjoghurt mit Trauben aus biologischem Anbau esse und meinen grünen Hafertee trinke (soll bekanntlich die Falten schmelzen lassen), strömt der Wurst-Senf-Geruch vom anderen Tischende zu mir herüber.

»Was schreibst du?«, schmatzt es mir entgegen. Ich kläre ihn auf, erzähle vom Unterschied Mann und Frau und frage ihn nach seiner Meinung. Zwei ratlose Augen blicken mich an, nach dem Motto: »Oh Gott, sie erwartet eine Antwort.« Eigentlich wollte er in Ruhe frühstücken und nicht schon am Morgen mit mir philosophieren. Schon gut, winke ich ab, und wir lassen das Thema.

Wir reden also über die Woche, die Arbeit und den Haushalt. Was nächste Woche erledigt werden muss, welche Termine wir wahrnehmen müssen.

Entsetzen in seinen Augen, als ich vom Banktermin am Dienstag anfange. »Du hast es vergessen«, stelle ich verärgert fest. »Quatsch!«, behauptet er und schiebt sich noch eine saure Gurke in den Mund. Wie er überhaupt so viel fette Wurst am Morgen essen kann, meine ich, als er sich seine vierte Sandwichscheibe zubereitet. Ich bekomme keine Antwort, nur ein kleines Brummen ist zu vernehmen.

Er möchte, dass ich ihm was vorlese von meinem Text, und ich fange an. Bei der Behauptung, Männer lassen überall ihre Socken herumliegen, fängt er an zu lachen. Würdet ihr auch tun, meint er, wenn sie nicht so stinken würden. Und überhaupt wolle er mal wissen, warum wir uns beschweren. Wenn sie solche Mustermänner wären, die kochen und putzen, die zu Hause bleiben und die Kinder hüten, Wäsche waschen und täglich duschen würden, wo wäre dann die Leidenschaft?! Was das mit Leidenschaft zu tun haben solle, meine ich. Jede Frau wäre dankbar, wenn sie nach einem langen Arbeitstag nach Hause kommen würde, die Wohnung wäre geputzt, die Wäsche gewaschen und das Abendessen mit einem leckeren Wein würde bereitstehen und auf sie warten. Er schüttelt schmunzelnd den Kopf. Nur die ersten Male, dann würde es der Frau gar nicht mehr auffallen und sie würde mit ihrem Personaltrainer fremdgehen. Eigentlich mögen wir Frauen es doch so, wie es sei; das ganze Gerede über die Unterschiede von Männlein und Weiblein mache frau doch eigentlich Spaß.

Ich habe keine Lust mehr zu diskutieren, schiebe mein Notebook demonstrativ vor meine Nase und schreibe weiter. Dann hat sich die Sache mit dem Sex für heute wohl erledigt, meint er und grinst mich über das Notebook an. Ich esse weiter meinen Bionaturjoghurt und denke nach. Stinken meine Socken mehr als seine? Ach, Blödmann. Aufgewühlt setze ich mich vor den Fernseher und lasse mein Frühstück stehen. Um ehrlich zu sein, schmeckt es mir nicht einmal. Jeden Tag das Gleiche. Gesund soll es sein und leicht, wir Frauen halt mit unserer Figur. Die Kissen auf der Couch neben mir geben nach und er drückt sich an mich. Er fängt an, mich zu kitzeln, und drückt mir einen dicken Kuss auf die Lippen. »Guten Morgen, schöne Frau«, flüstert er in mein Ohr. Er liebkost meinen Hals und sieht mir dann in die Augen. Er liebt mich, meint er. So, wie ich bin. Und er macht mir jetzt ein Sandwich und dann frühstücken wir gemeinsam. Und nichts da mit Biojoghurt, meint er und verschwindet in der Küche.

Ja, so sind sie. Primitiv, aber glücklich, leidenschaftlich und chaotisch. Liebenswert und halt unsere zweite Hälfte. Vermutlich wird das Rätsel Mann für uns immer ein Rätsel bleiben.

Vielleicht sollten wir aber einfach ab und zu unsere Socken herumliegen lassen und definitiv mehr Salami essen.

Heidi Marchel

Mehr Informationen über die Autorin unter www.jolie.de/Heidi80

6. Rätsel Mann:
Die Welt ist eben manchmal nicht genug

von Angelina Schmid

*E*inkaufen ist oft ein kritischer Punkt in einer Beziehung. Dabei muss man nur eines wissen: Männer und Frauen haben unterschiedliche Vorgehensweisen. Während Männer sich an James Bond anlehnen, sind Frauen eher wie Indiana Jones.

Für einen Mann ist ein Einkaufsbummel wie eine Mission: Man überlegt sich zuerst einen Plan (»Was brauche ich?«), berechnet dann den kürzesten (»Wie komme ich am schnellsten hin?«) und ungefährlichsten (»Wie vermeide ich Verkäufer?«) Weg, schleicht sich rein und nimmt das Gewünschte mit. Am besten gleich drei- oder viermal – 007 ist ja auch nicht auf ein Bond-Girl festgelegt, obwohl die alle ähnlich aussehen. Mission erfüllt, Auftrag beendet, Welt gerettet, Thema vom Tisch.

Für eine Frau ist ein Einkaufsbummel wie eine Abenteuerreise, bei der man nie weiß, wo man am Ende landet und welche Beutestücke man letztendlich mit nach Hause bringen wird. Das ist auch der Grund, weshalb Frauen gerne auch Sommerkleider im Winter mitbringen und Wollschals im Sommer: »Man weiß ja nie, wann man da wieder hinkommt oder wann man es mal wieder braucht.« Indiana Jones freut sich ja auch über jedes Utensil, das er in seinem Rucksack findet. Deswegen erzählt uns Frauen ein Kleidungsstück auch oft eine Geschichte: »Ach, das habe ich doch in Italien in dem kleinen Laden direkt neben dem Café gekauft, in dem wir immer den guten Espresso getrunken haben.«

Wie eine Abenteuerreise schweißt Einkaufen Personen näher zusammen – noch näher als in einer Umkleidekabine kann man sich kaum kommen, und deswegen sprechen Frauen gerade auch in Umkleidekabinen und beim Kleideraussuchen über intime

Dinge – wie in kritischen Situationen in Abenteuerfilmen. Und genauso wie im Film können sich Freunde plötzlich als Feinde entpuppen: Wenn der Hintern der besten Freundin in der gleichen Jeans knackiger aussieht als der eigene oder beide plötzlich das gleiche Stück kaufen wollen, werden plötzlich die Fronten gewechselt. Und wie nach einem guten Abenteuertrip muss man im Anschluss noch darüber reden und die Trophäen stolz betrachten. Deswegen, liebe Männer: Lobt uns, betrachtet die Mitbringsel, würdigt sie. Und, liebe Frauen: Denkt daran, auch Indy ist manchmal nur in die Bibliothek gegangen und hat über seine Archäologie gelesen – vielleicht bestellt ihr euch mal das eine oder andere auch einmal im Katalog und lasst 007 eine kurze Verschnaufpause. Dann dauern eure Beziehungen auch länger als bei Indy und James.

Angelina Schmid

7. Von Kriegern und Mimosen

von hermelschn

Männer sind nicht stark. Sie wären es gerne, sicher, aber sie sind es nicht. Nur sagen darf man ihnen das auf gar keinen Fall. Zumindest nicht, wenn einem der häusliche Frieden am Herzen liegt. Männer sind tief in ihrem Inneren immer noch Jäger. Deshalb grillen sie in der Werbung Riesensteaks und trinken Männerbier. Sie wollen hart sein und abgebrüht. Ganz egal, wie viel Gesichtscreme sie benutzen und wie oft sie sich die Fingernägel feilen.

Leider sind mittlerweile alle Mammuts ausgestorben, und es gibt seit mehreren Jahren auch keine Säbelzahntiger mehr. Deshalb jagen Männer heute anders. Wahlweise vor ihrer Playstation oder vor dem PC. Sie sind kampferprobte Krieger, mutige Soldaten oder Abenteurer, die nur mit einem Fell bekleidet durch die Arktis hetzen. Sie bekämpfen wilde Tiere, jagen Verbrecher und retten die Menschheit vor bösartigen Aliens. Sie sind Helden.

Und da ist es doch auch ganz selbstverständlich, dass der Held mal eben seine Frau nach einem Bier fragt. Er jagt, sie kümmert. So war das doch schon immer, oder? Er rettet doch gerade die Welt! Da kann sie ihm ja wohl wenigstens ein popeliges Bier holen? Völlig verkannt, die liebe Männerwelt.

Das Problem ist, dass sich von den virtuellen Streifzügen der Männer leider nicht der reale Kühlschrank füllt. Meistens dauert es eine Weile, aber irgendwann verstehen sie das auch. Sie arbeiten, werkeln, lernen und kaufen ein. Und das alles in der realen Welt. Und das ist wirklich nicht so leicht. Brutal aus der virtuellen Rolle des Helden herausgezogen, ist es nicht einfach, sich wieder in der Realität zurechtzufinden. Das sollte jedermanns und natürlich auch jederfraus Verständnis finden! Vor allem, weil die Realität doch so furchtbar hart ist.

Plötzlich macht nicht mehr jeder, was man will. Plötzlich kann man Konflikte nicht mehr einfach mit dem Laserschwert lösen. Plötzlich tut eine Schramme auf der Wange wieder furchtbar weh. Wie unangenehm! Das musste mein Freund vor Kurzem einmal mehr am eigenen Leib erfahren. Wir waren im Urlaub. Thailand. Ich lag mit einer Magenverstimmung auf dem Bett. Magenverstimmungen sind in Thailand nichts Unübliches. Die Bauchschmerzen kommen und gehen intervallartig, nicht schön, aber man kann es ertragen. Außerdem besucht man natürlich recht häufig die Toiletten. Auch das ist in den meisten Fällen zu ertragen.

In manchen Fällen ist das in Thailand allerdings wesentlich schlimmer als die Bauchschmerzen. Aber ich hatte Glück, diese Toilette war relativ sauber und verfügte sogar über eine Spülung. So weit meine Situation. Mein Freund lag neben mir und las. Alles war in Ordnung. Doch dann begann sein Zeh zu jucken. Entschuldigung, fürchterlich zu jucken! Außerdem war er angeschwollen und hatte einen Mückenstich. Ich hab ihm Fenistil auf den Zeh geschmiert und bin dann aufs Klo gerannt. Als ich zurückkam, lag mein Freund wieder auf dem Bett. Mein Kissen lag unter seinem Bein. »Ich denke, ich sollte den lieber hochlegen«, erklärte er mit Märtyrermiene. Ich nickte und wendete mich wieder meinem Buch zu. Ich hatte kaum zwei Seiten gelesen, dann musste ich wieder auf die Toilette.

Als ich diesmal das Zimmer betrat, tigerte mein Freund mit zusammengebissenen Zähnen durch den Raum. Ich warf ihm einen Blick zu: »So schlimm?« Die Antwort war ein gepresstes Grunzen. Ich legte mich wieder hin, traute mich aber nicht zu fragen, ob ich jetzt mein Kissen wiederhaben könnte. Das hätte er sicher als unsentimental empfunden. Stöhnend erklärte nun mein Freund: »Ich glaube, ich rufe besser meine Mutter an.« Das bedeutete einen Oversea-Call.

Ich unterdrückte ein Seufzen und nickte wieder.

Er ging auf die Tür zu und sah mich an: »Kommst du?«

»Ich würde lieber in Nähe der Toilette bleiben«, entgegnete ich.

Er zog eine Grimasse. »Ich dachte, du könntest mich stützen.« Ich seufzte und nahm noch eine Immodium akut. Dann bot ich ihm meinen Arm.

»Nein«, entgegnete er mit schleppender Stimme, »ich schaff das schon alleine.«

Mein Held. Er schlich davon.

Nach einer Viertelstunde war er wieder da.

»Und?«, fragte ich.

Er brummte irgendwas nicht ganz Verständliches, was sich aber verdächtig nach »unbedrohlich« und »vermutlich einfacher Mückenstich« anhörte. Ich schmunzelte. Natürlich hinter meinem Buch versteckt. Er legte sich wieder aufs Bett.

Ich nahm seine Hand und versicherte ihm mit fester Stimme: »Wir stehen das zusammen durch!«

hermelschn

Mehr Informationen über den Autor unter www.jolie.de/hermelschn

8. *Ein Kapitel für sich, dieser Mann*

von Kerstin Meingast

*B*egonnen hatte es am 1. Mai,
und jetzt ist es endgültig vorbei!
Am Anfang dachte ich: Wow, welch ein Mann – mit dem man
sich so gut unterhalten kann!
Ich fand ihn witzig, interessant,
gepflegt, adrett, nett und galant!
Dann nahm das Schicksal seinen Lauf:
Schmetterlinge im Bauch – sie flatterten auf.
Auch umgekehrt hab ich Mails bekommen,
als hätten bei ihm erste Funken geglommen.
Kaum zwei Wochen später stand in einer Mail geschrieben,
er würde seine Freiheit lieben.
Ich wusste gar nicht, wie mir geschah,
da gar nichts vorgefallen war.
Es gab einen kurzen Zwischenzwist,
worauf der Herr in sich gegangen ist.
Nach den Abwägungen seines Freundeskreis'
bekam ich eine weitere Chance, ich weiß, ich weiß.
Darauf folgten ein paar nette Wochen,
und pötzlich ist's wieder ausgebrochen.
Er hatte eine Einladung,
tat geheimnisvoll, wollte wohl provozieren,
sagte: »Keine Fragen – nur akzeptieren.«
Ich hab mich gewundert, aber nichts weiter gedacht,
am nächsten Tag hat er Schluss gemacht.
Diesmal hatte auch ich die Schnauze voll,
fand den Mann mehr verrückt als weiterhin toll.
Irgendwie hatte ich wohl – nicht wie erhofft reagiert,
an einer Aussprache war er nicht interessiert

– warum auch –,
wir waren schließlich nicht liiert.
Meine Sachen aus seiner Wohnung erhielt ich per Post,
das hatte ihn einige Euros gekost',
denn per Einschreiben mit Rückschein hat er mir garantiert,
dass meinem Duschgel nichts passiert
und ich mich nicht beschweren kann,
nein, er war ein Ehrenmann!
Doch am Tag der Ankunft des Pakets
in einer neuen E-Mail steht:
»Möchtest du am Sonntag mit mir ausgehen,
ich will dich so gern wiedersehen.«
Ich hatte keine Zeit, mir drüber Gedanken zu machen,
nein, bitte, bitte, jetzt nicht lachen,
ohne irgendwie zu reagieren,
brachte ich das Monster in ihm zum Vibrieren,
es brach aus, weiß nicht warum,
aber jetzt wurde es mir dann doch zu dumm:
Ich hatte schlicht die Faxen dick,
hab jeden Kontakt mit ihm geknickt.
Löschte alle Mails und die Mail-Adresse
und meinte, dass ich ihn vergesse.
Doch trotzdem dachte ich dann und wann
an diesen so abstrusen Mann.
Ich wusste auch von einer OP,
und eines Tages fand ich's ganz okay,
mal nach seinem Befinden zu fragen,
und so begann vor einigen Tagen
die längste Phase, die wir je hatten,
doch immer noch mit schlechten Karten.
Es gab wirklich schöne Tage,
da denk ich gern dran – keine Frage.
Aber gute Zeiten – schlechte Zeiten
und sehr viele Besonderheiten.

Mal hatte der Herr sehr viel zu tun –
dann wieder wollte er mehr ruhen.
Mal wollte er mich sofort sehen –
dann lieber mit anderen tanzen gehen.
Komm doch bitte noch bei mir vorbei,
aber bitte nicht nach zwei.
Denn ab Sonntag, 14 Uhr, ist bei ihm stets zu richten
alles für die Montagspflichten.
Mal klingelt das Telefon bis zu 8 x am Tag,
ich denke mir, dass er mich mag,
doch dann wieder ist die Zeit so knapp,
er sagt auch schnell spontan mal ab.
Mal machen die »Beißerchen« nicht mit,
oder er fühlt sich sonst nicht fit.
Mit Akzeptanz läuft alles prima,
ein wunderbares Beziehungsklima!
Trotzdem kann's sein, du rufst mal an –
ganz egal wann –, er geht nicht dran.
Du sprichst auch mal auf den AB,
es kommt kein Rückruf – ist alles okay?
Man macht sich Gedanken, was könnte sein,
es fällt einem absolut nichts ein.
Irgendwann kommt dir der Verdacht,
bestimmt hast du was falsch gemacht.
Du fragst dich, was hab ich denn diesmal nur verbrochen?
Und dann denkst du: »Bitte nein,
lass es nicht wieder dieses Monster sein,
das in ihm wütet und in ihm bläht
und neue Missverständnisse sät!«
Nein, diesmal denkst du: »Ich bin fertig damit«,
dann eine neue E-Mail – echt der Hit:
»Bin wieder da – war weggefahrn –
wollt meine Ruhe, ganz spontan!«
Irgendwie reichte es, genug ist genug.

Diskutieren mit ihm ist nicht sehr klug.
Einen Mann wie den, den änderst du nicht,
entweder du schluckst das oder halt nicht!
Ihm geht es gut und mir geht's schlecht,
er hat sowieso immer recht!
Er kann sich immer alles erlauben
und andren muss er gar nichts glauben.
Nach Belieben wird dann recherchiert,
nachgehakt und spioniert.
Drum dachte ich mir, ich nehm mich zurück,
ich brauche ihn nicht zu meinem Glück.
Arbeit ist die beste Medizin,
du hast wenig Zeit und denkst nicht an ihn.
Und darüber war er dann gar nicht froh,
das äußerte sich dann nämlich so:
Das nächste Event stand vor der Tür.
Er deutete an: Ich will hin – ob mit dir,
das legte er da noch nicht fest…
Mal sehn, was sich arrangieren lässt.
Diesmal sagte ich Bescheid,
ich hätte leider keine Zeit.
Arbeit geht vor, bringt schließlich Geld,
das passte nun nicht in seine Welt.
Erst sagte er: »Dann dauert es halt, bis wir uns sehen.«
Ich sagte: »Na und – die Tage vergehen.«
Das Telefonat war kurz,
mir war es schnurz.
Und dann ging eine E-Mail ein:
Das wird nichts mehr mit uns zwein.
Diesmal gibt es kein Zurück,
und zwar endgültig –
welch ein Glück!
Ich tanz nicht mehr nach seiner Pfeife,
häng nie mehr in der Warteschleife.

Und die Moral von der Geschicht?
Lass die Männer – du brauchst sie nicht!

Kerstin Meingast

Mehr Informationen über die Autorin unter www.jolie.de/Kerstin67

9. Frauen sind kompliziert und Männer einfach gestrickt? Von wegen!

von Christine Mae Seelig

Verständnislosigkeit ist gar kein Ausdruck. Und Aggression auch nicht. Nichts kann meine Gefühlslage im Moment beschreiben. Warum?

Weil ich gerade geschlagene zwei Stunden mit Jens durch die Fußgängerzone gerannt war, und zwar in der Mission, eine Dönerbude zu finden, die seinen (viel zu hohen) Ansprüchen genügte. Wie es aussah, eine Mission-absolut-impossible.

Bude A war ihm zu klein. Bude B – »Iiii, das Tsatsiki sieht aber eklig aus!«. Bude C – »... Nö!« Und so weiter, und so fort. Wir befanden uns in der Innenstadt Bremens, und Imbisse, die diese Teigtaschen in ihrem Angebot aufgenommen haben, gab es hier en masse. Und zwar gut verteilt über gefühlte hundert Kilometer. Zwei Stunden und drei Blasen am Fuß später stand Jens glücklich mit seinem Döner vor Bude A, und ich saß völlig erschlagen auf einer Bank und rieb mir die Füße. »Warum musstest du auch diese Schuhe anziehen?«, war sein einziger Kommentar – und meine Erleichterung über seine befriedigten Dönergelüste wandelte sich schlagartig in einen Wutanfall, den ich in meinem Kopf ausleben musste – er hätte ohnehin nicht verstanden, weshalb ich mich so aufregte. Die Rennerei und sein Genöle und Gedrängel hatte er schon wieder vergessen, und ich tat besser daran, es zu verdrängen. Ich war ja nicht nachtragend oder so. Grrr.

Gleiche Hauptakteure eine halbe Stunde später. Das Schuhgeschäft an der Hauptstraße.

Ich sah sie schon vor mir: Die Stilettos und Ballerinas, Slingpumps und Turnschuhe, mich mittendrin, selig grinsend schwelgte ich in meinen Fantasien, als ich abrupt aus meinen

Träumen gerissen wurde: »Wir wollen aber auch noch mal weiter, oder?« Verständnislosigkeit, mein momentaner Dauerzustand, wie es schien, machte sich breit. »Ich möchte aber auch mal gucken!«, sagte ich, im Brustton der Überzeugung. »Immer nur gucken, gucken, aber nichts kaufen. Typisch Frau!«, nörgelt er. Und ich starre ihn nur an. Szenen machen sich in meinem Kopf breit. Von einem gewissen Jens, der mich hinter sich herzieht, von Imbiss zu Imbiss ... Typisch Frau? Sicher? Aber klar doch!

Ich will gerade damit herausplatzen, à la »Na, was sagst du nun, du Möchtegern-Macho?«, da geht er einfach weiter. Eine Diskussion war also nicht drin, und ich wusste wirklich nicht, ob ich jetzt einfach ins Geschäft gehen oder ihm hinterherlaufen und mich unterwürfig entschuldigen sollte.

Die wunderschönen glänzenden Pumps im Schaufenster waren stärker als der Wunsch nach Harmonie. Der revolutionäre Gedanke siegte, und ich hörte mich sagen: »Wir sehen uns am Auto, Schatz!« – und schwups war ich im Laden verschwunden. Durch die Scheibe konnte ich sein verwundertes, ja beinahe entsetztes Gesicht sehen, sodass ich beinahe spontan losgelacht hätte – doch mir wurde klar, dass der Haussegen schiefer hängen würde als ohnehin schon, wenn ich mich nun auch noch lustig machte. So winkte ich nur fröhlich und gab mich meinen Schuhfantasien hin.

Wie zu erwarten herrschte später dicke Luft. Waren wirklich Frauen die komplizierten Wesen? Eine Frage, die nicht zu verachten war in ihrer Wichtigkeit für die Wahrheit über den Unterschied. Biologisch war es sonnenklar, von wegen primäre Geschlechtsmerkmale und so weiter ... Dennoch war der Mann eindeutig komplizierter. Zumindest Jens, denn er verhielt sich in vielen Dingen ebenso wie ich, doch war er sich keiner Schuld bewusst. Nie. »Du hast nicht gestaubsaugt, Schatz.« – Ich konnte in solchen Situationen kaum meine Wut unterdrücken. »DU warst heute dran!« – »Aber das ist doch nichts für mich ... das muss eine Frau machen!« – Wie weit würde das noch gehen? Auf der einen Seite primitiv und machohaft, auf der anderen komplex und verworren… wie konnte frau da noch einen Fuß in die Tür bekommen?

Ich stellte die Aggression ein, wann immer er einen Döner wollte, schaltete mein kritisches Denken aus und zog mir Laufschuhe an. In seiner Ambivalenz war Jens nämlich wirklich niedlich, und vor allem mein Triumph, den ich durch meine Unberechenbarkeit beim Shoppen erhielt, und meine Schadenfreude über den wartenden und ungeduldigen, sich keiner Schuld bewussten Mann waren Gold wert.

Christine Mae Seelig

Mehr Informationen über die Autorin unter www.jolie.de/Maely

10. Held auf Probe

von Mira Giesen

Wirklich sexy«, haucht er und knabbert plötzlich an meinen Ohrläppchen. »Gleichfalls«, erwidere ich und genieße, wie sein Mund tiefer und tiefer an meinem Körper hinuntergleitet.

Vorsichtig verschafft er sich Zugang zu meinen empfindlichsten Stellen. Ich betrachte ihn. Es stimmt, Markus ist wirklich ein unglaublich attraktiver Mann. Wir haben uns vor zwei Stunden in einer Bar kennengelernt, als ich ihn auf sein winziges Handy ansprach.

Ist Ihnen schon einmal aufgefallen, dass Männer ausschließlich bei technischen Dingen darauf bestehen, dass sie den Kleineren haben? Jedenfalls wollte ich unbedingt seine volle Aufmerksamkeit haben. Leider geht das bei den meisten Männern nur, indem man sie an ihren Zentralrechner anschließt – im Bett.

Logisch: Das Durchschnittsverhältnis eines Mannes ist ja auch recht übersichtlich: ein Gehirn, zwei Eier. Ja ich weiß, ich bin nicht mehr achtzehn und sollte wissen, dass man die obligatorischen zwei Dates abwartet, bevor man mit einem Mann ins Bett steigt. Aber denken Sie nicht auch, dass Sie bei einem Brad-Pitt-Double eine Ausnahme gemacht hätten?

Plötzlich lässt er sich neben mich fallen. Ich stutze – wie, das war's? Er sieht mich hochzufrieden an. »Und wie war ich?« Ich seufze und stelle fest, dass es stimmt – manch großer Mime kann sich erst im Bett als Kleindarsteller entpuppen...

Mira Giesen

Mehr Informationen über die Autorin unter www.jolie.de/Mira1984

11. *Seine Hobbys*

von B. Klasing

D a steht er schon wieder. Den rechten Fuß ungeduldig wippend und den Oberkörper weit vorgebeugt, hat er sich in die Tiefen des Kühlschranks versenkt.

»Schatz, suchst du irgendwas Bestimmtes?«

»Öh … nö, ich wollte nur mal gucken …«

»Was wolltest du denn ›nur mal gucken‹«?

»Ach, ich wollte nur mal gucken, ob ich vielleicht den Kühlschrank mal wieder putzen könnte.«

Das ist ja wohl eine absolute Unverschämtheit! Seit fünf Jahren wohnen wir zusammen und seit fünf Jahren hat er nicht ein einziges Mal den Kühlschrank gereinigt.

Den Kühlschrank putzen? ESSEN wollte er. Doch das hätte er nie – niemals – zugegeben. Er isst hier mal eine Kleinigkeit und nimmt dort ein Leckerchen zu sich. Kühlschranktür auf – zu – auf – zu. Ich mag gar nicht daran denken, wie es mit seiner Nascherei Kühlschrank-extraterrestrisch aussieht – hier liegt ihm eine unendliche Welt zu Füßen (Chips, Kekse, Bonbons …). Und immer noch denkt er, ich würde es nicht mitbekommen.

Allerdings hat es den Anschein, als würde er sich den ganzen Tag nur von Luft ernähren, denn gerne ruft er beim Nachhausekommen, kaum dass er die Wohnung betreten hat: »Schatz, hast du irgendwas zu essen gemacht? Ich habe den ganzen Tag noch nichts Vernünftiges gegessen!« Und damit hat er dann ausnahmsweise absolut recht. Etwas VERNÜNFTIGES hat er dann sicherlich noch nicht gegessen, aber auf jeden Fall hat er ganz bestimmt GENUG gegessen. Seine Kühlschrankorgien sind mir nicht bekannt – denkt er. Niedlich, wie er sein Näschen kraust und es drollig schnüffelnd in den Kühlschrank steckt.

Er erinnert mich dann immer an ein Erdhörnchen. Der Kühlschrank ist eine kleine Wunderwelt und er hat den Zugriff.

Er denkt den ganzen Tag ans Essen. Essen ist sein Hobby. Das allerdings würde er nie zugeben. Eigentlich heißt es ja immer, dass Männer den ganzen Tag an Sex denken. Das macht er natürlich auch. Sex ist eines seiner anderen Hobbys (was mir übrigens als einziges seiner Hobbys sehr stark entgegenkommt). Es konkurriert allerdings sehr eng mit dem Ess-Hobby. Am liebsten würde er die beiden Hobbys kombinieren, traut es sich aber nicht – das ist mein heimlicher Verdacht. Sein drittes Hobby ist seine Motorsportzeitschrift. Die er aber »nie kauft« – seine Worte. Trotzdem ist immer ein aktuelles Exemplar in unserem Haushalt vorhanden. Mein Interesse an dieser Zeitschrift ist ungefähr so groß wie mein Interesse an Maden. Ich sorge also nicht dafür, dass ständig aktuelle Ausgaben im Badezimmer liegen. Im Badezimmer! Männer lesen im Badezimmer. Frauen zwar auch, aber Frauen lesen in der Badewanne. Männer hingegen lesen auf der Toilette. Merke: Hobby Nummer vier = auf der Toilette lesen. Und das können sie stundenlang.

Mittlerweile hat er sein Toilettenumfeld beinahe bis zur Perfektion gestaltet, und ich rede hier nicht von nachgefülltem Toilettenpapier, von Toilettenbürste und -reiniger. Oh nein. Er hat neben dem Toilettenpapierhalter einen Zeitungshalter mit mehreren Fächern an der Wand angebracht (»… das ist doch toll, Schatz, da kannst du deine ›Frau von gestern‹ dann auch mit reinpacken …«). Will ich aber gar nicht. Einen Getränkehalter hat er auch noch – strategisch sinnvoll – angebracht. Nichts würde mir ferner liegen, als auf der Toilette etwas zu trinken. Wenn er in allem so gut organisiert wäre wie in solchen Dingen, dann würde er auch seine Socken mal von alleine finden. Ungewolltes Hobby Nummer fünf: seine desaströse Kleidungsverwaltung (Wo sind meine Socken? Wo ist meine Unterhose? Wo liegt das gestreifte Hemd? Wo liegt das karierte Hemd?). Seine Kleidung ist tatsächlich in der Lage, sich selbstständig zu bewegen.

Sie ist manchmal sogar so bösartig, dass sie sich versteckt – nur um ihn, der sowieso schon so viel zu tun hat, zu ärgern.

Ja, ja, er und seine kleinen unendlichen Macken. Doch trotz seiner vielen (zumeist ungewollten) Hobbys möchte ich ihn nicht missen. Und – so viel darf ich verraten – das eine oder andere Hobby haben wir auch gemeinsam.

B. Klasing

12. Das große Geschäft

von Angélique Langer

Seit geraumer Zeit frage ich mich, was Männer dazu bewegt, das Bad zum zweiten Wohnzimmer zu erklären.

Beispiel:
Ich bin mit meinem Freund seit zwei Jahren zusammen und unsere Beziehung ist besser als jede vorangegangene. Nur eines verwundert mich – und zwar sein stundenlanges Sitzen auf der Toilette. Was treibt er da so lange? Ich meine, wie machen wir Frauen das? Draufsetzen, drücken, Hände waschen – fertig! Dauert maximal 5 bis 10 Minuten. Mein Schatz braucht für diesen Prozess mindestens eine Stunde. Eine Stunde, und das mehrmals am Tag, also ehrlich, wenn man das mal auf drei Sitzungen pro Tag beschränkt, sind das trotz allem drei Stunden, die er sinnlos auf dem Klo verschwendet. Und er ist nicht der Einzige. In meinem Bekanntenkreis existieren etwa fünf dieser Langsitzerexemplare. Überlegt man, was man alles in dieser Zeit mit ihnen veranstalten könnte, ist meine Frage durchaus berechtigt. Was zur Hölle bringt einen Mann dazu, sich eine Stunde den Hintern auf einem Klo platt zu drücken?

Da ich von Natur aus ein eher neugieriger Mensch bin, beschloss ich, Nachforschungen zu betreiben. Das sah etwa so aus: Nachdem mein Freund mal wieder über eine halbe Stunde im Bad verschwunden war, entschied ich, einfach mal nachzuschauen. Ich weiß, man macht das eigentlich nicht, wegen Privatsphäre usw. Aber schließlich könnte ihm ja auch etwas passiert sein. Letztens erst hab ich von einer Freundin gehört, dass ihr Liebster auf den Badläufern ausgerutscht war und sich den Kopf am Badewannenrand gestoßen hatte. Ergebnis war eine große fette Beule. Gut, anscheinend waren diese Läufer mächtig glatt, und es war nur eine Frage der Zeit, bis sich jemand auf den Allerwertesten setzt, aber man sagt ja auch, dass die Wahrscheinlichkeit eines Unfalls in den eigenen vier Wänden am höchsten ist. Wenn ich mir in Gedanken so ausmale, was alles in unserem Bad geschehen kann, dann ist es ja schon fast meine Pflicht, nach dem Rechten zu sehen, wenn er so lange darin verschwindet, ohne einen Pieps von sich zu geben. Also Mission gerechtfertigt und Blick riskieren.

Wie gesagt, er saß schon über eine halbe Stunde, als ich höflichst anklopfte.

»Schatz, ist alles okay bei dir da drin?«

»Ja, Süße, bin gleich fertig.«

Hm, was jetzt sagen? Ich wollte ja rein.

»Du, ich müsste auch, ich komm mal kurz rein!« gesagt und, ohne Antwort abzuwarten, Türe aufgerissen. Tja, und da saß er dann, und zwar mit einer Zeitung. Zeitung? Das war das große Geheimnis? So banal?

»Sag mal, kannst du nicht warten, bis ich hier fertig bin? Hab doch gesagt, ich komme gleich raus.«

Entschuldigung murmelnd flüchtete ich schnell wieder. Hatte ja erfahren, was ich wissen wollte. Jetzt leuchtete mir ein, warum der ganze Badprozess so lange dauerte. Er liest ja gemütlich noch die Tageszeitung nebenher. Nun wusste ich auch, warum ständig dieser Riesenwälzer von Fleischbuch auf unserem Waschtisch lag, den ich stets sorgfältig zurück ins Bücherregal räumte, nur um ihn zwei Tage später wieder vorzufinden. Dann eben nur auf der Waschmaschine. Bei einem nochmaligen Nachfragen bei meinen Freundinnen bestätigten die mir das Herausgefundene. Ihre Freunde trieben genau dasselbe.

Jetzt mal Butter bei die Fische, Männer, gefällt euch irgendetwas an normalen Sesseln, Stühlen oder Sofas nicht, dass ihr eure Lesestunden ins Bad verlegen müsst, um dort stundenlang auf einer Plastikbrille zu hocken und die aktuelle Wirtschaftslage zu studieren? Fällt es da leichter? Verstehe ich nicht, selbst als ich meinen Freund darauf angesprochen hatte, konnte er es mir nicht wirklich erklären. Männer machen das nun mal so, war seine Antwort. Und nachdem wichtigere Dinge in meinem Leben passierten, muss ich zugeben, dass es mich nicht mehr wirklich stört. Jetzt, wo ich ja weiß, wofür er so ewig braucht. Im Gegenteil, es hat sogar seine Vorteile. Geht er gegen Abend auf die Toilette, kann ich mir ohne Nörgeln meine Lieblingsserien reinziehen. Kurzum, manchmal ist es gar nicht so schlecht, den Männern ihre Gewohnheiten zu lassen, man muss nur eine Möglichkeit finden, sie als Frau zum eigenen Vorteil zu nutzen.

Angélique Langer

Mehr Informationen über die Autorin unter www.jolie.de/Annie26

13. *Wie kann er nur?*

von Isabella Maria Kern

*I*ch lief die Straße entlang. Tränen strömten unaufhaltsam über meine Wangen. Mit einer wütenden Handbewegung wischte ich über mein Gesicht.

Eine Passantin sah mich erschrocken an. Ich warf ihr einen bösen Blick zu. Sollte sie sich doch um ihre eigenen Angelegenheiten kümmern. Die Straßenbahn hatte ich nicht mehr erwischt, aber es war nicht weit zu meiner besten Freundin. Als ich endlich schwer atmend vor ihrer Tür stand, bat sie mich besorgt herein. Sie wusste sofort, was mit mir los war.

»Habt ihr schon wieder gestritten?«, fragte sie mich, natürlich ohne Begrüßung.

Ich nickte nur und schluchzte auf. »Es ist aus«, sagte ich und vergrub mein Gesicht in einem ihrer pinkfarbenen Couchpolster, die ich auch immer gerne haben wollte, die meinem Freund aber nicht gefielen. Jetzt konnte ich sie mir endlich kaufen, ohne dass er herumnörgeln konnte, kam mir kurz in den Sinn, und ich fing unter Tränen an, hysterisch zu lachen.

»Was war denn los?«, fragte meine Freundin einfühlsam und streichelte mir über den Rücken.

Schön langsam beruhigte ich mich und erzählte ihr, dass ich ihm wieder einmal vorgeworfen hatte, dass er nie Zeit für mich hätte. Dann hatte ich ihm wütend gesagt, dass er nie für mich da wäre und dass ich ihn gar nicht mehr brauche, und den Hörer aufgelegt.

Meine Freundin sah mich schief von der Seite an und fragte erstaunt: »Du hast am Telefon Schluss gemacht?«

Ich nickte verzweifelt. »Jetzt will er mich bestimmt nie wieder sehen!«, rief ich aus.

Als meine Freundin keine Antwort gab, nahm ich an, dass sie mir zustimmte. Ich fühlte mich elend.

»Aber er müsste doch wissen, dass ich das nur aus Wut gesagt habe, und eigentlich war das ein Hilferuf, und er müsste sofort und auf der Stelle zu mir kommen!«, rief ich verzweifelt in das Couchpolster.

»Aber Männer hören das, was du sagst. Die meisten nehmen das für bare Münze, was sie hören. Das müsstest du mit deinen 35 Jahren schon mitbekommen haben«, warf sie mir vor.

»Ich weiß«, schluchzte ich. Aber jetzt war es sicher zu spät.

»Ruf ihn an«, befahl mir meine Freundin und hielt mir das Telefon vor die Nase.

Ich verzog das Gesicht. Sollte ich ihm jetzt wieder nachlaufen?

»Sag ihm, dass du es nicht so gemeint hast. Du liebst ihn doch, und er liebt dich, das weiß ich«, sagte sie und hielt das Telefon noch näher vor mein Gesicht.

Ich überlegte. Mein Stolz machte sich bemerkbar. Ich wollte, dass er seinen »Fehler« wiedergutmachte. Aber meine Freundin überzeugte mich davon, dass er jetzt keine Ahnung davon hatte, wie schlecht es mir ging. Also ließ ich mich überreden und wählte seine Handynummer.

»Hallo, mein Schatz«, flötete er fröhlich ins Telefon.

Ich konnte momentan nichts sagen, so verblüfft war ich, also erzählte er mir gleich, dass er gerade vom Tennisspielen käme. Ich war verwirrt. WIE KONNTE ER NUR? Wie konnte er nur in Seelenruhe Tennis spielen, wo ich mir verzweifelt die Augen rot weinte? Hatte er denn keine Ahnung, wie es mir ging? Ich sagte also nur, dass es mir leid täte, dass ich so impulsiv reagiert hatte. Er lachte nur und meinte, ich sei eben seine emotionale Wildkatze. Er versprach, mich am Abend zum Essen abzuholen und dann zu besprechen, wie wir uns die gemeinsame Zeit am besten einteilen könnten. Ich war wirklich sprachlos.

Meine Freundin kicherte. »Siehst du? Männer denken einfach anders. Er hat dich gar nicht ernst genommen.«

Ich verstand nun gar nichts mehr. Nahmen nun Männer alles wörtlich, so wie meine Freundin vorhin sagte, oder nahmen sie einen sowieso nicht ernst? Ich schüttelte den Kopf und beschloss, mir gar nichts mehr zu denken. Und wäre ich wirklich nach meinem Gefühl gegangen, dann hätte ich gewusst, dass unsere Liebe niemals zu Ende sein konnte, nach so einem lächerlichen Streit. Und ich beschloss, mich in Zukunft nicht mehr von meiner Wut leiten zu lassen, und ich würde mich bemühen, nie wieder etwas zu sagen, was ich nicht so meinte. Das könnte schlimme Folgen haben. Folgen, die ich für immer bereuen könnte. Aber diesmal hatte ich noch Glück, denn er hatte nicht im Traum daran gedacht, dass unsere wunderbare Beziehung auf einmal zu Ende war. Und ich beschloss, beim Nachhausegehen drei pinkfarbene Couchpolster für mich zu kaufen. Auch das würde unsere Liebe nicht erschüttern.

Isabella Maria Kern

Mehr Informationen über die Autorin unter www.jolie.de/isabellamaria

14.   Wie einfach sind Männer?

von Anita Krämer

Wie einfach sind Männer eigentlich? Oder wie kompliziert? Wir kennen ihn doch alle, den beliebten Spruch: »Ich verstehe die Männer einfach nicht.« Aber sind sie denn wirklich so schwer zu verstehen?

Umso mehr man bzw. frau darüber nachdenkt, desto klarer wird einem, dass Männer eigentlich die einfachsten Geschöpfe der Erde sind. Man muss nur lernen, sie zu akzeptieren. Alles, was sie wollen, ist umsorgt zu werden – aber nicht erstickt. Sie wollen Liebe genauso wie wir Frauen, nur nicht im selben Ausmaß. Sie wollen ihre Freiheiten, genauso wie wir Frauen – nur weitaus unkomplizierter als wir.

Was ich meine ist … Es ist vollkommen in Ordnung für den Mann, komplett umsorgt zu werden – »Schatz, möchtest du was trinken? Schatz, möchtest du was essen? Schatz, soll ich deine Unterhosen auch waschen?« Alles bestens. So weit, so gut, doch sobald er mit seinen Jungs unterwegs ist und die Freundin anruft und Fragen stellt wie: »Schatz, sehen wir uns heute noch? Schatz, ich wollte dir nur sagen, dass ich an dich denke. Schatz, ich wollte nur wissen, wann du nach Hause kommst. Schatz, ich wollt nur wissen, ob alles in Ordnung ist«, verwandelt sich die ach so umsorgende Freundin in eine furchtbar nervende Hexe, die ihn zu ersticken droht …

Womit wir auch schon beim nächsten Punkt angelangt wären: dem Ausmaß an Liebe. In den privaten schnuckeligen vier Wänden wird gestreichelt, gekuschelt, geknutscht und gebalgt, doch sobald man die Wohnung verlässt, verwandelt sich MANN in eine komplett andere Person. Mit Ach und Krach bekommt man ihn mal dazu, einen Zungenkuss in der Öffentlichkeit zu praktizieren oder gar ganze zehn Minuten Hand in Hand zu laufen, bevor er sich dann beschwert, dass seine Hände ganz schweißig werden. Frauen wollen jedem und vor allem JEDER zeigen, dass wir zusammengehören und wie sehr wir uns doch lieben … MANN weiß einfach, wo er hingehört und wen er liebt, und verspürt nicht den ständigen Drang, jeden die Zuneigung, die er für seine Freundin hat, sehen zu lassen.

So zum Beispiel auch, wenn es darum geht, einen unkomplizierten Kerl-Abend zu vollziehen … »Schatz, ich geh heut Abend mit den Jungs weg. Triff dich mit den Mädels und macht euch 'nen schönen Abend, ja?!« Mann wäre es am liebsten, diese Aussage würde reichen, was sie aber im Normalfall natürlich nicht tut. Fragen wie: »Wo geht ihr denn hin? Wann kommt ihr denn wieder? Wer geht denn da alles mit?«, sind die, die jeder Mann am liebsten nicht hören würde, doch »Vielleicht kommen wir auch mal vorbei« ist genau die Aussage, die MANN an die Decke gehen lässt, was natürlich wiederum einen Streit zur Folge hat.

Die Frage ist nun einfach, wenn wir all das schon wissen: Sind Männer dann wirklich die komplizierten Wesen? Oder sind das wir selbst, weil wir genau wissen, was mit unseren Männern los ist, sie aber mit Gewalt zu ändern versuchen? Wieso können wir nicht einfach akzeptieren, dass unser Freund nicht mit Fragen am Telefon durchlöchert werden will, wenn er mit den Jungs weg ist? Wieso können wir nicht einfach akzeptieren, dass zehn Minuten alles sind, was wir an Aufmerksamkeit in der Öffentlichkeit bekommen, aber genau wissen, dass wir kaum unsere Ruhe vor ihm haben, wenn wir hinter verschlossenen Türen sind? Wieso können wir nicht einfach unseren Liebsten mit den Jungs weggehen lassen, ohne auf die Idee zu kommen, dort aufzukreuzen, um einen Kontrollbesuch zu machen?

Unser Leben könnte so einfach sein, wenn wir »Mann« einfach so akzeptieren würden, wie er ist. Und mal ehrlich – wir haben keinen Grund, jedem Mann zu misstrauen. Denn wie sollen wir ihm jemals vertrauen können, wenn wir ihm nie die Chance gelassen haben, uns einen Grund zu geben, ihm zu misstrauen, und er uns das Gegenteil bewiesen hat?

Anita Krämer

Mehr Informationen über die Autorin unter www.jolie.de/MissNita1984

15. »Erbsensuppe heiß und kalt«

von Meryem Buz

*I*ch weiß nicht, woran es liegt, an einem Artikel in der »Men's Health« – »So kriegst du jede rum«, einem Beitrag auf Mann-TV oder anderen Stammtischweisheiten, die in trauter Männerrunde beim Feierabendbier ausgetauscht werden, aber nachdenklich macht es mich schon: Wieso wollen auf einmal alle Männer mit mir kochen?

Bei meinem Freund Robert war es nichts Ungewöhnliches, er steht seit jeher auf Selbstkochen, darauf, verschiedene Gänge und Menüfolgen zu komponieren, und sammelt Rezepte, die er auch gerne preisgibt. Es passt zu ihm, obwohl es mich auch fast vertrieben hätte, als er mir bei unserem ersten Treffen seine Eigenkreation »Erbsensuppe heiß und kalt« genauestens erklärt hatte.

Was sie so eigen gemacht hat, weiß ich nicht mehr, nur dass es wochenlang der Brüller in unserer Mädelsrunde war und ich mich nach diesem enttäuschenden Date erst mal mit einem Mäckes-Sparmenü trösten musste. Dass ich mich heute noch mit Robert treffe, liegt an anderen Qualitäten – und dass ich mich manchmal doch ganz gerne bekochen lasse oder auch mithelfe, klar! Doch Robert ist da eher die Ausnahme. Ich finde es weder besonders sinnlich noch entspannend, gemeinsam Paprikaschoten zu zerkleinern oder Hühnchen zu entbeinen.

Aber gut, Männer sehen das wohl anders. Ich und viele meiner Freundinnen aber nicht.

Mein Date letzte Woche fragte mich beim Dessert, ob wir nicht mal zusammen kochen wollten, er hätte da so ein tolles Rezept. Wildlachs auf Ingwermöhrchen, ungemein erotisierend – und ungemein männlich. Zu diesem Treffen ist es bislang noch nicht gekommen, würde er dann aber zwei Döner im Gepäck haben, wäre mir das wohl genauso willkommen.

Beim Besuch einer Freundin in Wien lernten wir zwei Typen kennen, die uns eigentlich gefielen, bis sie uns einluden, bei ihnen am nächsten Abend zu kochen. Asiatisch, aus dem Wok. Wir sollten für etwas Gemüse sorgen, den Rest hätten sie da. Zunächst sagten wir zu, doch Lust zu kochen hatten wir nicht. Schon gar nicht in einer Stadt wie Wien, und dann auch nicht asiatisch, sondern lieber Wiener Schnitzel oder Marillenknödel.

Das wiederum gefiel den Herren nicht, sodass es bei einem Drink in einer Bar blieb. Und ich bin der festen Überzeugung, dass wir uns am Wok nicht so gut kennengelernt hätten wie bei einem Bier. Ob der neue Mitbewohner meiner Freundin Astrid, Georg, der mir beim Kaffeetrinken von seinen Kohlrouladen vorschwärmte, oder mein Kollege Peter, der ganz glitzernde Augen bekam, als ich ihm von den Plänen für ein Käsefondue erzählte (allerdings im Mädelskreis ohne männlichen Beistand): Ich kann mir die plötzliche Begeisterung fürs Kochen wirklich nicht erklären. Es können auch die ganzen Kochshows sein, oder die Folgen der Magermodeldebatte, ich tippe aber wie gesagt auf einschlägige Berichte, in denen nach einem heißen Süppchen nicht nur der Sekt im Bauchnabel prickelte.

Trotzdem, Jungs, sorry. So schön solche Vorstellungen auch sein mögen – dass Kochen Frauen anmacht, glaube ich eigentlich nicht. Zusammen kochen macht mit Tim Mälzer Spaß, vielleicht auch mal mit Freunden und dem Liebsten – aber mit dem macht eh alles Spaß. Dieses »Kochen als Event«-Getue gefällt trotzdem weniger. Es passt für mich so wenig zu einem Mann, wenn er mir sein neues Dinkelplätzchenrezept verrät, wie wenn er beim ersten Date an einem Salatblatt wiederkäut oder mir die Kalorien meines Tiramisus vorrechnet. Und auch wenn man beim gemeinsamen Kochen ganz nebenbei Eigenschaften wie Führungskraft, Flexibilität oder Perfektionismus testen kann, ich finde, es gibt immer noch bessere Wege, sich und seine Fähigkeiten kennenzulernen. Deshalb bleibe ich den guten alten

Date-Rezepten treu, gehe da gerne noch auswärts essen und belasse es beim gemeinsamen Kaffeekochen.

Meryem Buz

16. Die Verschwörung der Mobiltelefone

von Rosa Schaberl

*I*ch lag die ganze Woche auf der Lauer, hatte das Telefon in Reichweite und wartete wie eine Raubkatze darauf, dass es läutete und ich zum Sprung ansetzen konnte.

Aber der geheimen Abmachung der Mobiltelefone folgend läutete es nicht. Die Phasen des Wartens fingen an, sich bemerkbar zu machen. Ich wurde traurig. Was hatte ich falsch gemacht?

Hätte ich ihn nicht küssen dürfen, oder hatte ich nicht über seine Witze gelacht, hatte ich zu viel von mir geredet, hatte ich zu wenig geredet? Ich spielte alles durch, immer wieder und immer wieder. Ich rief all meine Freundinnen an, stellte ihnen dieselben Fragen und bekam immer dieselbe Antwort: Wundert es dich denn? Ist doch auch nur ein Mann.

Was hast du erwartet? Dass ihr heiratet und Kinder bekommt? Mach dich nicht lächerlich... Sie hatte recht und ich wurde wütend, tat es als einen Flirt ab und erzählte, dass ich eh kein Interesse an ihm hatte. Meine Freundinnen nickten nur, sie kannten die Situation nur allzu gut. Klar hatte ich Interesse. Wir waren stundenlang auf der Straße gelegen und hatten rumgemacht. Er hatte mich mit Komplimenten überschüttet und ich ihn mit Küssen.

Es war scharf. Er war scharf. Irgendwie auch spannend, wir kannten uns ja noch keine zehn Minuten, ich wusste nur, dass er aus Norwegen war und schon in zwei Wochen wieder abreisen musste, was es nur spannender machte. Denn wie würde der Abend enden, wenn man sich nicht sicher ist, ob man sich jemals wieder begegnet? Ich wusste, dass mein Ex auf seinem Nachhauseweg an uns vorbeikommen würde. Was würde er sagen? Würde es ihm wehtun? Würde es ihm richtig wehtun? Oder würde er mich als komplett verrückt abstempeln und weitergehen? (Er tat das Letzte, sprach mich auch nie wieder darauf an.)

Aber zugeben, dass er mir nicht aus dem Kopf ging, würde ich nie, könnte ich nicht, dafür war ich zu stolz, und wahrscheinlich jede andere Frau auf diesem Planeten auch. Also begann die dritte Phase, ich stellte mir vor, wie es wäre, wenn wir uns über den Weg liefen. In den unmöglichsten Situationen an den unmöglichsten Orten. Irgendwann eine Woche später klingelte mein Handy. Ich hatte die Hoffnung aufgegeben und war schon längst wieder auf Aufriss.

Zeit vertrödeln bringt ja nichts, und zu Hause sitzen und eine fast tödliche Dosis Eis verdrücken schon gar nicht. Doch es läutete, und sogar ziemlich penetrant. Als ich abhob, hörte ich die Stimme meines Norwegers, gebrochenes Deutsch, anscheinend auch ziemlich betrunken. Er lud mich ins Kino ein, sagte, ich gehe ihm nicht aus dem Kopf, er sei nur zu schüchtern, und das von einem 24-jährigen Typen, der mich nachts um zwei vor der Disco auf die Straße drückte und hemmungslos mit mir rummachte.

Ich willigte ein, klar, warum auch nicht. Aber es kam nie dazu. Als ich am nächsten Tag anrief, war das Handy abgedreht. Ich befürchtete, dass alles wieder von vorne beginnen würde, das Warten, das Wütendwerden, das Traurigsein, die übermäßige sinnlose Kalorienzufuhr.

Aber diesmal bekam ich die Kurve. Ich schnappte eine Freundin, klapperte ein paar Clubs ab, entdeckte einen süßen Typen, zog ihn aufs Klo, stellte mich kurz vor und küsste ihn. Klar war er überrascht. War ja beabsichtigt. Bevor ich oder er wusste, was abging, saßen wir auch schon im Taxi. Wir schafften es gerade noch so ins Bett. Als ich am nächsten Morgen aufwachte, grinste er mich von der Seite an.

Na, was war das denn? Ich war mir nicht sicher. Überwindungssex würde es vielleicht treffen. Ich drückte ihm sein

Gewand in die Hand und schob ihn sachte Richtung Tür. »Weißt du was, es war ein geiler Abend. Ruf mich an, wenn du es wiederholen willst, aber ich werde nicht darauf warten.« Und schmiss ihm die Tür vor der Nase zu. Ich glaube, er stand noch ewig davor und überlegte und rief noch am selben Abend an, um mich zum Essen einzuladen. Eigentlich war es gar nicht so schwer, den geheimen Vertrag der Mobiltelefone zu hintergehen, man musste die Typen nur in totaler Verwirrung vor die Tür setzen.

Rosa Schaberl

Mehr Informationen über die Autorin unter www.jolie.de/rosa0310

Das Rätsel Frau

1. Geständnisse aus dem Leben einer Frau

von Friederike Müller

Wer kennt das nicht? Eigentlich sollte man lieber den längst überfälligen Abwasch zu Hause erledigen oder die Geburtstagskarte an Tante Martha schreiben, aber nein, frau hört an einem Samstagmorgen nur den lauten Lockruf der lokalen Einkaufsmeile, und so tümmelte auch ich mich letztes Wochenende wieder einmal todesmutig im Shoppinggewühl der Frankfurter Innenstadt.

Nach einer halben Ewigkeit Anstehen in einer Schlange ebenso fashion-süchtiger Frauen vor der Umkleide habe ich endlich eine Kabine ergattert, um die tausend verschiedenen Bikinimodelle für den bevorstehenden Urlaub zu testen. Na gut, zugegebenermaßen reicht es dieses Jahr nur für Urlaub auf Balkonien oder das städtische Schwimmbad, aber: immerhin!

Um ehrlich zu sein, wir Mädels finden doch IMMER einen Grund, unseren Geldbeutel zu strapazieren und ihn in unglaublich viele und natürlich auch unglaublich elementare Bestandteile unseres Kleiderschrankes zu verwandeln!

Fix aus den Klamotten gepellt stand ich nun also in der Umkleide, bereit mich hinein in die sündhaft teuren Zweiteiler zu hüllen. Was bis jetzt noch ganz normaler Einkaufswahnsinn an einem gewöhnlichen Samstag war, artete jetzt allerdings unerfreulicherweise aus in, na ja, sagen wir es ruhig, einen Fleisch gewordenen Albtraum! Und das meine ich im wahrsten Sinne des Wortes.

E-R-B-A-R-M-U-N-G-S-L-O-S knallt die Halogenbirne auf meinen weißen Körper. Die Designer haben offensichtlich unter einem Lieferstopp zu leiden gehabt, denn der Stoff des Höschens bedeckt vielleicht die Hälfte meiner linken Pobacke! Während ich so probiere und probiere und der Stapel mit den

Die-gehen-auf-gar-keinen-Fall- Bikinis stetig wächst, sinkt meine Laune proportional dazu gegen null.

Ich entdecke ein Dutzend Cellulitedellen, die letztes Jahr noch nicht da waren, mein Busen will einfach nicht in die vorgeformten Cups passen und auf meinem Schneewittchenteint bilden sich hektische rote Flecken. Ich habe es satt!

Bin ich etwa so unförmig, dass ich nicht einmal einen stinknormalen Bikini kaufen kann? Ich komme mir vor wie ein ausgewachsenes Walross mit kleinen dicken Nilpferdbeinen, jawohl! Frustriert raffe ich meine Siebensachen zusammen, stopfe der verwirrten Verkäuferin den Haufen Die-gehen-gar-nicht-Bikinis, also alle Modelle, in die Hand und kaufe mir in der Eisdiele eine doppelte Portion Schokoladeneis mit Sahne. Ist ja jetzt auch schon egal! Vielleicht kann ich die Dauerkarte fürs Schwimmbad noch umtauschen. Auf dem Weg zur U-Bahn laufe ich an einer lebensgroßen Plakatwand vorbei.

Ein magersüchtiges dreizehnjähriges Modell mit Beinen bis zum Mount Everest, einem nicht existenten Bauch und knusprig brauner Haut, die das Wort Dehnungsstreifen bestimmt nicht mal buchstabieren könnte, lächelt spöttisch in ihrem ultraknappen Bikini auf mich herab. Vielleicht sollte ich ihr meine Dauerkarte schenken!

Das kommt Ihnen bekannt vor? Sehr gut! Das heißt, wir sind nicht alleine!

Sie können mit Sicherheit davon ausgehen, dass links und rechts neben Ihnen in den Umkleidekabinen Frauen standen wie ich. Frauen, wie wir alle. Die perfekte Frau, die sich makellos in ihrem Bikini am Strand räkelt – ich kenne sie nicht. Im Schwimmbad, das ich zwei Wochen später in einem Anfall von Wagemut in meinem alten verwaschenen blauen Badeanzug besuchte, habe ich zumindest keine gesehen. Die Frauen dort waren erfrischend real – mein Rat also: Gehen Sie ins Schwimmbad, wenn Sie das lange nicht gemacht haben! Ziehen Sie einen Rock an, auch wenn Sie denken, Sie könnten es sich nicht leisten! Wir sind Frauen, wir haben Rundungen, weil sie uns sexy machen. Wir haben hier und da eine Delle oder eine Falte, die von unserem Leben erzählen! Seien Sie stolz darauf! Sie sind keine leere Hülle! Sie sind genau so, wie Sie sind, wunderschön!

Fangen Sie jetzt an, sich zu lieben!

Ich wünsche Ihnen einen tollen Sommer im Freibad!

Friederike Müller

Mehr Informationen über die Autorin unter www.jolie.de/sheels

2. Der »Feind« in meinem Hirn

von Susanne Gehlert

D ie typischen Eigenheiten von Mann und Frau, ein Thema, dem offensichtlich nie die Luft ausgeht. Immer wieder sind wir erneut damit beschäftigt, die typisch männlichen Eigen- und / oder Abarten fein säuberlich von den unseren zu trennen, angeblich typische Eigenschaften zu widerlegen, um die neueste Erkenntnis dann doch wieder zu revidieren.

In regelmäßigen Abständen überkommt mich wegen dieser »Wissenschaft« ein Gefühl von Panik und schwindelartiger sexueller Orientierungslosigkeit, und ich suche krampfhaft nach der Telefonnummer meines Psychologen. Warum? Weil ich immer wieder feststellen muss, dass auch nach der neuesten Studie, Umfrage oder Klischeebewältigung so gar keine der Typisch-Frau-Eigenarten oder Geschmacksverirrungen auf mich zutreffen – obwohl ich eindeutig eine Frau bin und mich auch eindeutig nicht im falschen Körper fühle.

Stattdessen denke ich des Öfteren, ich wäre bestimmt ein besserer Kerl geworden, aber als Frau komme ich mir gerade vor wie der letzte Loser. Was mich zu dieser Aussage veranlasst, sei in ein paar Beispielen beschrieben:

- Ich kann meine Schuhe noch an beiden Händen abzählen, es sind weniger als zehn Paar. Das Gleiche gilt für meine Handtaschen, es sind vier.

- Ich mag die Ex meines Ex und freue mich, dass er mittlerweile glücklich mit der Neuen ist.

- Ich lehne Sex & the City kategorisch ab. Mein Glücksgefühl, als das große endgültige Finale lief, war unbeschreiblich.

- Ich hasse »Shopping«. Ich bin nach zehn Minuten völlig entnervt von überfüllten Läden mit zu greller Beleuchtung und schlechter Musik, in denen ich mich mit weiblichen Kontrahenten mit aufdringlichem Parfüm über die ohnehin überteuerten Fummel streiten muss, die ich eigentlich gar nicht kaufen wollte. Ich bevorzuge eindeutig die männliche Herangehensweise, die gezielte Jagd nach dem Beuteobjekt. Kurz und schmerzlos. Rein, Handlung, raus.

- Ich empfinde die Herbst-Winter-Saison insofern als vorteilhaft, weil man die zu schnell nachwachsende Beinbehaarung unter der langen Hose super für ein paar Tage länger verstecken kann.

- Ich kann ohne Probleme rückwärts einparken, meine Schrankwand zusammenschrauben, meine Wohnung tapezieren und alleine eine Birne vom Rücklicht meines Autos auswechseln.

- Ich konnte schon als Kind perfekt Landkarten lesen. Ich behaupte keck, einer der besten Landkartenleser der Welt zu sein. Ich frage nie nach dem Weg. Ich vertraue auch nicht blind dem Navigationssystem.

- Ich verzichte großzügig auf die weibliche Form bestimmter Berufsbezeichnungen, Personengruppen oder Substantive. Ich finde es übertrieben und lästig.

- Ich fluche gerne und laut, besonders beim Autofahren.

- Ich kann gut rülpsen und trinke neben Bier auch sehr gerne Whiskey. Pur, ohne Eis. Kein Bourbon.

- Die Western von Sergio Leone gehören zu meinen absoluten Lieblingsfilmen.

Das sollte ausreichen, um zu verstehen, dass – besonders nach einem verpatzten Date – der Teil meines Gehirns zu arbeiten beginnt, der die mentale Paniktrommel schlägt, welche wiederum das Selbstzweifelzentrum meiner femininen Gehirnhälfte ankurbelt.

Kürzlich fand ich im Internet einen Persönlichkeitstest mit dem Titel »Sex I. D. – find out your brain sex«. Das Geschlecht meines Gehirns feststellen? Endlich mal ein nützlicher Onlinetest, perfekt. Nachdem ich mich durch die verschiedenen Fragen und Aufgabenstellungen gearbeitet hatte, stand das Ergebnis fest. Ich war zwar nicht sonderlich überrascht, aber dennoch irgendwie gefrustet. Mein Gehirn denkt wie ein Mann – immerhin zu fast 65 %!

Meine Busenfreundin gab mir irgendwann mal den ultimativen Tipp: Immer dienstags würden in der Praxis für plastische Chirurgie, in der sie arbeitet, Frauen zu Männern umoperiert. Nach dem Testergebnis sah ich mich im Geiste schon im Wartezimmer dieser Praxis sitzen, das Inhaltsverzeichnis der Men's Health überfliegend.

Was habe ich also getan, nachdem es offiziell war? Nachdem von der BBC bestätigt wurde, dass ich ein »feindliches« Gehirn besitze. Ich bin zielstrebig in den nächsten Laden gegangen und habe mir innerhalb kürzester Zeit ein paar neue Schuhe gekauft. Ganz elegante mit Riemchen und Absatz, die ganz hervorragend zu meinem neuen Kleid passen, das so ähnlich aussieht wie das Kleid von Meredith aus Grey's Anatomy. Das habe ich als Schnäppchen letzte Woche so einer Tussi direkt vor der Nase weg erbeutet. Die sah sowieso aus wie die blöde Ex von Christian, mit dem ich mich dieses Wochenende noch mal verabredet habe. Diesmal wollen wir seinen Lieblingsfilm gucken, »Der Pate« – ich freu mich drauf!

Susanne Gehlert

Mehr Informationen über die Autorin unter www.jolie.de/serialsue

3. Warum die Reiterstellung überbewertet ist

von Userin LongBlonde

*F*rauen im Sattel, Cowgirls und der ganze Schmarrn.

Ich bin den Sufragetten dankbar, ehrlich. Ich ziehe meinen Hut vor Alice Schwarzer und ihren Schwestern im Geiste, die lautstark auf die Rechte der Frauen bestanden haben und keine Angst vor staatlichen Repressionen und dem Gespött der Leute hatten. Ich trage Hosen, ich gehe wählen, und ich verdiene verdammt noch mal mein eigenes Geld. Danke, Mädels!

Aber manchmal, manchmal ist mir die Emanzipation schnurzpiepegal. Zum Beispiel im Bett, wenn der Boy mir hämisch entgegenhält: »Die Tür soll ich dir aufhalten, dich stundenlang befriedigen, aber für die Reiterstellung biste zu faul, oder was? Ich denk, du bist emanzipiert!?«

Jep. Ich geb's zu. Ich halte mich für eine emanzipierte Frau, aber im Bett ist es mir ganz recht, wenn der Boy das macht, was vor ihm die Großgrundbesitzer, Familienernährer und Unternehmersöhnchen jahrhundertelang praktiziert haben: Wham bam, thank you, Ma'am.

Verstehen Sie mich nicht falsch, ich verstehe den Reiz der Reiterstellung durchaus. Der Sitz auf seinen Weichteilen, der souveräne Blick von oben herab, und nicht zuletzt das Selbstbewusstsein, das ein Mann vermittelt, der freien Ausblick auf eine nackte Frau hat. Selber den Rhythmus bestimmen können, bessere Chance bei der Suche nach dem sagenumwobenen G-Punkt haben, und ja, für die sexuelle Initiation von jungen Mädchen ist es nur zu empfehlen, die Kontrolle an sich zu reißen.

Aber mal ehrlich, die wahre Emanzipation ist es doch, auf pseudofeministischen Quatsch zu verzichten und tatsächlich nur die Stellungen zu praktizieren, die einem Spaß machen – egal, ob man dabei auf allen vieren oder vor einem Mann knien muss.

Im Grunde genommen ist die Reiterstellung als die emanzipierteste Stellung schlechthin doch reiner Bockmist. Sie ist anstrengend! Und zwar nur für die Frau! Es ist doch Feminismus par excellence, einen Mann die Arbeit machen zu lassen – jetzt, da wir nicht mehr dazu gezwungen sind, uns auf den Rücken zu legen.

Mehr Informationen über die Autorin unter www.jolie.de/longblonde

4. Können Muttis cool bleiben?

von Userin GeiloStylo

Silvia war ein supercooles Mädchen. Immer! Sie trug die heißesten Klamotten, die unfassbarsten Taschen, hörte den besten Indie-Pop (»Hab ich auf Myspace gefunden«) und hatte einen wunderbaren Humor. Doch jetzt ist Silvia weg. Silvia wurde Mutter. Und hat ihre Coolness komplett für die kleine Marlene drangegeben.

»Nicht wahr, Marlenchen, jetzt hast du Hunger!« – Dieser Satz beendet in der Regel die Versuche, die ehemalige Freundin wieder ins Reich der Lebenden zu holen, beispielsweise durch den Besuch einer rauchfreien Tagesbar. Wahlweise: »Ach Marlene, jetzt willst du schlafen, richtig? Jetzt bist du sicher total müde, ne? Ach, du armes Marlenchen bist ja hundemüde«, zu einem quietschfidelen Mädchen. Auch gerne genommen: »Mensch Marlene, die ganzen Leute machen dich ja total nervös!«, zu dem super-relaxten Baby. Oder: »Ach, ich merk schon, Marlene, die Musik hier ist dir viel zu laut«, zu einem schlummernden Kind.

Die Hysterie junger Mütter kann natürlich eine kinderlose Kommunikationsdesignerin, die erst mal die Studienschulden abarbeiten möchte, nicht nachvollziehen. Aber den Schritt von Stylermädchen zur Obermutti genauso wenig.

Ist es denn nicht möglich, eine würdevolle Frisur zu haben, auch wenn da ein Kind im Nebenraum nach Milchbrüsten schreit? Wie schwer kann es sein, statt Babycreme mal wieder ein bisschen Foundation ins Muttergesicht zu schmieren? Und warum muss man sich ernsthaft mit ihnen über Kinderwägen oder noch lieber über die Konsistenz des kindlichen Stuhlgangs unterhalten, wenn es doch viel schöner wäre, den Knackarsch vom Barkeeper zu analysieren?

»Oberflächlich!«, schallt es mir da schon von der Mutterschar entgegen. Ich würde nur nicht verstehen, was so ein Kind »in einem auslöst«. Ich sei doch nur neidisch. Ich hätte die falschen Werte, Karrierismus und Make-up.

Ganz falsch, ich finde Kinder super. Ich mag die schlabbernden Münder und Fragen wie: »Warum kannst du mir den Luftballon nicht wieder holen?«, nachdem kleine Kinderhände das heliumgefüllte Ding erst selber halten und dann unbedingt unter freiem Himmel loslassen mussten. Ich mag nur die Mütter nicht, wenn sie nur noch Mutter sind und ihr altes Ich, das stylische Mädchen mit dem guten Musikgeschmack und dem dreckigen Humor, verteufeln. Ein bisschen mehr Style, ein bisschen weniger verhätschelndes Gegrunze, etwas mehr Humor – und fertig. Dann diskutier ich auch gerne über Stuhlgang.

Mehr Informationen über die Autorin unter www.jolie.de/geilostylo

5.   Beim Hacken der Paprika

von Karoline Strys

*E*ntnervt schiebe ich die klein geschnittene Paprika in den
Topf. Dann widme ich mich der nächsten, positioniere sie
präzise in der Mitte meines Schneidebrettchens, bereit, drauf-
loszuhacken.

Doch noch während ich das Messer zum Ansetzen anhebe,
fällt mir auf, dass dieses Messerchen eine Spur zu klein ist, um
meinem Zorn über den allgemeinen Beziehungsstress den rechten Ausdruck zu verleihen; ich brauche etwas von einem größe-
ren Kaliber, besser so ein Riesenteil, da kann man sich richtig
austoben. Wie? Sie finden das makaber? Das würden Sie nicht
denken, wenn …

Wie fänden Sie es, einen Partner zu haben, dem man offensichtlich nichts mehr bedeutet? Schließlich ist ihm nicht aufgefallen, dass ich mich eigens für ihn so in Schale geworfen
habe. Sogar die schwarze Bluse habe ich angezogen, die er so
gern hat. Ich weiß das, weil, wenn ich sie trage, er Konversation
mit meinem Dekolleté – welches natürlich sagenhaft darin aussieht – führt und nicht mit mir. Statt mir aber die wohlverdiente
Aufmerksamkeit zu schenken, hat er seinen knackigen Hintern
(tja) sofort auf die Couch gepflanzt, und nun hockt er dort und
zieht sich wieder irgendein Spiel rein. Nicht einmal richtig an-
gesehen hat er mich, ganz zu schweigen von einem anständigen
Begrüßungskuss. Ich würde mir ja auch schrecklich gerne die
durchtrainierten Kicker ansehen, in ihren knappen Trikots, vom
Schweiß schon halb durchsichtig. Und wie sie wie die Bekloppt-
en dem kleinen runden Ding hinterherrennen, als hätte es drei
Brüste. Hm …

Die nächste Paprika muss dran glauben, denn soeben ruft
er nach mir, und ich kann bereits dem Tonfall seiner Stimme

entnehmen, dass er wieder irgendwas will. Kannst du nicht sehen, dass ich hier in der Küche ackere, um dir dein geliebtes Jäger-Paprika-Schnitzel zu servieren?

Dabei ist es nicht gut für meine Linie. Opfere also quasi meine sexy Figur für diesen Kerl, und er weiß es noch nicht einmal zu schätzen! So was. Jetzt brüllt er schon wieder.

»Schatz?«

»WAS!?«

»…«

Ich bemühe mich um einen netteren Ton und frage mich gleichzeitig, warum es mir damals bei unserer ersten Verabredung nicht aufgefallen ist, dass ich mich mit Gollum treffe.

»Magst du mir ein Bier geben?«

Klar, mag ich, sogar sehr gern, ich bin ja Schatz, und Schatz widerspricht nicht und holt die Flasche aus dem Kühlschrank.

Schlagartig wird mir klar, warum die Beziehung zwischen Gollum und dem Ring so brillant funktioniert hat. Der Schatz hat keinen Ton gesagt, die haben ja nie miteinander gesprochen, es gab nie Streit. Das ist wahrscheinlich sowieso das Hauptproblem zwischen Mann und Frau, die verstehen sich einfach nicht. Klar, sie sprechen die gleiche Sprache, aber das heißt nicht, dass das Gesagte beim anderen genau so ankommt, wie es gemeint war. Paprika.

Dafür gibt es sogar eine psychologische Erklärung, wissen Sie. Demnach besitzt der Mensch vier Ohren, ja, da könnte man meinen, der Mann würde einem wenigstens ab und zu mal Gehör schenken, aber nein ... Bei jedem sollen diese unterschiedlich ausgeprägt sein, sodass meist eines dominiert. Bei Frauen soll es das sogenannte Beziehungsohr sein, welches sie dazu veranlasst, sachliche Nachrichten als Angriff gegen sich oder die Beziehung aufzufassen. Hat sich bestimmt ein Kerl ausgedacht ... Was der Mann wohl gerne hätte, wäre dann, denke ich, eine Frau, die immer nur auf die Appellseite der Nachricht horcht und ihm so jeden Wunsch erfüllt, ihm sein Bier hinterherträgt, koch – ohne dass er es explizit ausformulieren müsste! Nein, mein Lieber, darauf lasse ich mich sicher nicht ein.

Paprika.

Plötzlich vernehme ich aus dem Wohnzimmer ein lautes Rülpsen, typisch, dass er sich überhaupt nicht mehr um mich bemüht. Ich frage mich, wo dieser Aragon abgeblieben ist, der ist doch zumindest ein Mensch, oder etwa nicht?

Ich bin wohl, wie fast jede andere Frau auch, in die Falle der rosaroten Brille getappt. Schließlich verzeiht man dem Partner in dieser Zeit fast alles, z. B. im Stehen pinkeln. Doch nun ... Wie nimmt er es sich eigentlich heraus, mein Bad in ein besprenkeltes, ekliges Pissoir zu verwandeln?!

Jetzt im Herbst sollte man endlich jegliche Brillen, egal welcher Tönung, abnehmen. Denn in dieser Hinsicht sind Männer wirklich wie Hunde, die ihr Terrain markieren wollen.

Nun ist der Zug wohl abgefahren ... Wenn man den Welpen nicht im ersten Lernstadium abrichtet, gibt es hinterher keine Chance mehr, ihn auf stubenrein zu trimmen.

Langsam werde ich richtig sauer. Habe ich nicht zumindest so einen kleinwüchsigen Hobbit verdient? Wutentbrannt und äußerst geräuschvoll ramme ich das große Messer durch die letzte Paprika hindurch ins Schneidebrett.

»Schatz …?«, kommt ein unsicheres Winseln aus dem Wohnzimmer.

Vielleicht gibt es doch noch eine Chance für ihn. Mein Blick wandert zwangsläufig nach rechts auf den überbordenden Topf voller Paprikastückchen. Es überkommt mich, und ich muss herrlich anfangen zu lachen.

»Was machst du denn da?«, fragt er, der nun völlig entgeistert in der Küchentür steht.

»Paprikaeintopf«, bemerke ich trocken, der ist sowieso besser für meine Figur.

Ich glaube, ohne all die Missverständnisse, die Männer und Frauen miteinander teilen, wären Beziehungen doch nur halb so unterhaltsam. Wo bliebe denn dann der Spaß?

Euer Ring

Karoline Strys

Mehr Informationen über die Autorin unter www.jolie.de/-sasha-

6. Das Rätsel Mann und die Kindsfrauen

von Maike Hirsch

S ollte frau der Meinung sein, das männliche Faible für Mädchen mit Lolli im Mund, kurzen Röckchen und Bambiaugen sei nur ein Klischee, so irrt sie sich gewaltig.

Nie ist mir die Wirkung mehr bewusst geworden, die Kindfrauen auf Männer ausüben, als die letzten Monate. Eine Bekannte von mir beispielsweise lebt den Ruf der Kindsfrau mit Leib und Seele aus, worüber ich nur den Kopf schütteln kann. Mit großen blauen Augen, die meist unschuldig von unten hinaufblicken, Kringellöckchen, die verspielt um den Finger gewickelt werden, babyrosafarbenen Accessoires und einem perfektionierten Kleinmädchengang, trippelt und hopst diese Frau durch ihr bonbongepflastertes Leben, und während alle Frauen über dieses Gehabe nur amüsiert die Augenbrauen hochziehen, liegen ihr die Männer zu Füßen. Aber warum um Himmels willen?

Was, liebe Männer, findet ihr an Frauen, die nie über ihr dreizehntes Lebensjahr hinausgekommen sind und glauben, die ganze Welt wäre eine »Polly Pocket«-Dose? Kindsfrauen sind laut; sie quietschen bei jedem möglichen und unmöglichen Grund in fledermausähnlichen Tonlagen (ich wette, sie tun dies auch im Bett, was wenigstens erklären würde, warum so viele Männer taub zu sein scheinen...), alles bei ihnen ist »süß«, »knuffig« oder »herzig«, sie sind teuer (irgendwo müssen die Kinderaccessoires ja herkommen, oder?), und sie haben zu nichts eine eigene Meinung (»Ganz wie du willst, mein Bärchen!«). Sind Männer nicht eigentlich gegen Frauen, die viel Geld kosten? Und hassen sie es nicht, mit Kosenamen wie Engelchen oder Mausi betitelt zu werden? Welcher gefühlte Hengst will sich schon Schnuppelchen rufen lassen?

Ich selbst habe kein Verständnis für Kerle, die vor dem Baby-wunsch ihrer Partnerin flüchten, aber dann in den Armen genau eines solchen Babys landen, auch wenn dieses möglicherweise bereits achtzehn oder zwanzig Jahre alt ist. Auch wenn im Personalausweis der Dame etwas anderes steht, ihr Sprachvermögen ist nicht höher entwickelt als das einer Dreijährigen, und auch das logische Denken ist auf diesem Punkt stehen geblieben.

Liebe Männer, vielleicht ist es ja gerade das, was euch an Kindsfrauen so fasziniert? Sie reden nicht so viel, und wenn doch, versteht man sie ohnehin nicht richtig. Sie können nicht denken, was bedeutet, sie fragen nicht so viel nach. Kindsfrauen bieten sich wunderbar an, verarscht zu werden. Doch hält eure Begeisterung auch noch an, wenn ihr morgens von einem »Barbie«-Wecker geweckt werdet, euch mit »Prinzessin Lillyfee«-Duschgel waschen und der jungen Dame jeden Abend ihren Schlafanzug anziehen müsst?

Ich werde über Kindfrauen weiterhin nur verständnislos den Kopf schütteln können, und während die Männer von ihrem Beschützerinstinkt übermannt werden und dem kleinen blonden, herumstolpernden Ding im »Winnie Pooh«-T-Shirt nachlaufen, werde ich hocherhobenen Hauptes an ihnen vorbeigehen und mich auf die wirklich reifen Männer freuen, die eine erwachsene und lebenserfahrene Frau, die wortwörtlich auf eigenen Beinen stehen kann, zu schätzen wissen.

Maike Hirsch

Mehr Informationen über die Autorin unter www.jolie.de/darkhoney

7. Trennen uns Welten
oder doch nur eine Duschwand?

von Maria Wagner

Die Tür schließt sich, das Schloss dreht sich – und schon sind die intimsten Momente eines Menschen im Badezimmer verschwunden. Was uns schon immer brennend interessiert: Was geschieht hinter dieser Türe?

Es gibt sehr viele Gerüchte darüber, dass Frauen die dreifache Zeit eines Mannes für den Aufenthalt im Badezimmer benötigen, darüber, dass Männer sich weniger gerne der Körperhygiene widmen als ihre weiblichen Partner, darüber, dass Frauen bei der Auswahl ihrer Beautyprodukte weitaus kritischer sind als die Angehörigen des männlichen Geschlechts und, und, und ... Doch was ist dran an diesen Mythen?

Lösen wir nun das »Rätsel Frau«: Eine Frau wählt für den ausgiebigen Akt der Selbstpflege vorzüglich einen ruhigen Abend, an dem sie weiß, dass sie genug Zeit hat. Vor dem Gang in das Badezimmer zieht sie ihre Alltagskleidung aus und legt sie sorgfältig zusammen. Mit einem kurzen Schnuppern an den Kleidungsstücken wählt sie aus, welche in die Waschmaschine wandern und welche zurück in den Schrank. Danach sucht sie mit Bedacht Unterwäsche aus, die sowohl den kritischen Anforderungen ihres Liebsten gerecht wird als auch bequem zu tragen ist und außerdem noch ihre Vorzüge betont und ihre Problemzonen verhüllt. – Anmerkung für die Männerwelt: Ja, all dem müssen unsere Slips gerecht werden!

Anschließend begibt sich die Frau in das Badezimmer, in dem schon Duftkerzen bereitstehen. Auf dem Weg dahin hüllt sie ihren Körper in einen flauschigen Bademantel oder einen Satin-Morgenrock und trägt Hausschuhe. Zuerst kommt die Prozedur des Abschminkens. Mit Pads, Lotions und Pflegetüchern entfernt sie das Make-up, das ihr Gesicht den ganzen Tag unmerklich – oder bei manchen Damen auch merklich – verjüngt, veraltet oder verschönert hat. Die Haut wird mit einem Gesichtswasser gepflegt und anschließend mit einer Nachtcreme versorgt.

Danach kommt der Duschvorgang: Sorgfältiges Einseifen, Haare shampoonieren, Pflegespülung. Anschließend das tägliche Martyrium der Haarentfernung an den heiklen Stellen. Nach dem Duschen cremt sie den ganzen Körper mit einer wohlriechenden Lotion ein und pflegt ihre Nägel. Zum Schluss werden die Haare ordentlich geföhnt und frisiert.

Wenn eine Frau das Bad verlässt, hüllt sie sich wieder in einen Bademantel, und das Badezimmer wirkt nach ihrem Besuch ordentlicher als vorher, da sie neben dem Einseifen noch die Duschwand geputzt hat und zum Schluss alle überflüssig herumliegenden Gegenstände, wie Bürsten, Rasierer, Nagelschere und vieles mehr, an die von ihr ordnungsgemäß dafür vorgesehenen Plätze geräumt hat.

Es folgt die Duschprozedur eines Mannes. Duschzeit: Egal, erst wenn es stinkt. Die getragene Wäsche ziert dort den Fußboden, wo er sie auszieht. Auf dem Weg ins Badezimmer trägt er nichts und wackelt fröhlich mit seinem besten Stück, wenn seine Freundin oder Frau ihm entgegenkommt. Im Badezimmer angekommen bläst er die Duftkerzen seiner Freundin aus, weil ihn der süßliche Geruch nervt. Duschen und Haarwäsche gehen ruck, zuck. Dann noch schnell unter der Dusche schneuzen – Wasser wäscht alles weg! Der Bart wird rasiert – aber nur weil sich seine Freundin beschwert, er kratze sie. Die Bartstoppeln, die um das Waschbecken liegen, fegt er in das Becken. Rasierer lässt er gleich liegen – den braucht er sicher bald wieder mal! Anschließend kommt er aus dem Bad mit dem Handtuch um die Hüften, wackelt noch mal kurz mit seinem besten Stück, wenn er sie sieht, und lässt das Handtuch auf die getragene Wäsche fallen.

Und nun fragen Sie sich wirklich, warum man sagt, dass Männer vom Mars und Frauen von der Venus sind?

Maria Wagner

Mehr Informationen über die Autorin unter www.jolie.de/Phoebe243

8. Der große O

von Friederike Müller

*I*n kaum einem Satz, den ich in den vergangenen zehn Jahren meiner extremen Frauenzeitschriftensucht gelesen habe, habe ich mich so wiedergefunden wie in folgendem literarischen Erguss, der die Titelseite eines Magazins im Kiosk schmückte: »Alles war perfekt, bis...«

Noch in der U-Bahn musste ich über diesen Satz dermaßen laut lachen, dass mich die anderen Fahrgäste wohl als etwas debil abstempelten – aber das war mir egal. Denn ich wusste so genau, was damit gemeint war! Und weil meine Telefonrechnung jeden Monat neue Höchststände erklimmt, weil ich meine Freundinnen selten unter zwei Stunden am Ohr habe, so darf ich mit Gewissheit sagen, dass ich nicht alleine stehe mit – dem Problem.

Mit dem Problem. Der sagenumwobene und an späten Abenden, wenn ich gestresst aus dem Büro kam und die Bügelwäsche auf mich wartete, so unglaublich unerreichbare O. WO BLIEB ER NUR? Ab und an, da spazierte er vorbei an meinem Bett und winkte mir fröhlich zu, meistens dann, wenn ich gar nicht auf seinen Besuch vorbereitet war, meine Intimfrisur eher an den botanischen Garten als an eine stromlinienförmige Landebahn erinnerte und ich die alten Schlüpfer aus meiner Studienzeit auftrug.

Aber an den zahllosen Abenden, an denen ich mich stundenlang im Rosenschaumbad gesuhlt, eingepudert, blank rasiert und anti-Cellulite-gecremt hatte, genau an diesen Abenden, an denen meine Lieblingsmusik lief und ich meinen Schatz nach längerer Zeit endlich wieder sah, da war das Einzige, was seinen Höhepunkt erreichte, meine Frustration. Denn kaum wälzten wir uns in wildem Zweikampf auf dem frisch bezogenen Bett, kaum hatten seine ungeduldigen Hände meinen teuren neuen

LaPerla-BH unsanft auf die Erde befördert, da schossen mir mit einem Male die ungeheuerlichsten Gedanken durch den Kopf. Gedanken, für die ich vielleicht im Rosenschaumbad-Exzess Zeit gehabt hätte wie zum Beispiel: »Meine Güte, Kathrin hat ja morgen Geburtstag und ich habe kein Geschenk«, oder: »Hat Angelina Jolie wohl schon mal einen Orgasmus vorgetäuscht?«

Auch: »Wie hieß noch mal der Ort, wo wir letztes Jahr auf Korfu dieses süße Hotel gebucht hatten?«, oder echte Klassiker wie: »Mein Gott, mein Bauch hat ja Falten«, waren schon dabei, und ich darf darauf hinweisen, dass dies eine kleine illustre Sammlung all der Weibertelefonate ist, die abends meine Leitung blockieren.

Der echte Killer, der Frauen das Liebesspiel versaut, ist mit Sicherheit der kleine Störenfried: »Jetzt möchte er also gleich mal reingucken – also los, hab jetzt Lust!«

Ich weiß nicht, warum Frauen auf Knopfdruck Lust an- und ausschalten. Vielleicht würde irgendein bebrillter Wissenschaftler uns erklären, dass dieses Verhalten zu Urzeiten lebensrettend war, wenn der Coitus bei plötzlicher Gefahr unterbrochen werden musste.

Aber erstens befindet sich an gewissen Abenden kein Professor mit Rauschebart in unseren Federn – zum Glück! –, sondern der willige Geliebte, und zweitens sind doch auch wirklich keine feindlichen Übergriffe durch Säbelzahntiger mehr zu befürchten! Es sei denn, ein Mann hat wirklich gar keine Ahnung von oraler Liebkosung, ein äußerst unangenehmer Umstand, den Lina kürzlich erleben musste. Dazu aber an anderer Stelle mehr.

Zurück ins Bett, zurück zu mir. Schatzi liegt entblättert in seiner ganzen Pracht vor mir, und sein leicht entrückter Blick versucht mich auf das einzustimmen, was da kommen soll. Wie ein Kind vorm Weihnachtsbaum, kommentierte Meike neulich trocken am Telefon, als sie ihren Klaus in einem solchen Moment treffend zu beschreiben suchte.

Und das ist der Grund für die weibliche Misere, für das plötzliche Verschwinden meiner Lust und die Abreise eines jeden großen O, der weiß, heute wird's bei der eh nix mehr.

Denn wir Frauen geraten in Panik und gewaltig unter Druck: Ja, nun liegt er da, und was könnte schrecklicher sein als das: Der kleine Junge steht da mit großen Augen, und dann gibt es keine Geschenke und keinen Weihnachtsmann und gar nichts! Furchtbar! Und daran wäre nur ich schuld! Also muss ich ihm doch eine verdammte Bescherung servieren, die er sein Leben nicht vergessen wird! Frau neigt in einem solchen Moment dazu, dem Kind im Manne diesen Gefallen zu tun, und weidet sich auch an seiner jauchzenden Freude. Aber ein großer O, der ist und bleibt nur eine nebulöse Erinnerung. Die Lösung des Problems kam mir neulich – oh, welch freudscher Versprecher –, während des besagten Rosenschaumabends. Denn ich schaffte es an jenem Abend vorerst nicht zur Bescherung – ich fing an zu weinen, denn er tat mir so leid, wie er da lag und auf das Glöckchen zum Einlassen wartete. Höchst erschrocken nahm mein Liebster seine verwirrte Freundin in den Arm, und ich heulte etwas in seine Armgrube, das klang wie: »Ich kann einfach auf Kommando nicht bescheren.« Ich denke, er hat es nicht verstanden, Männer haben in den Momenten der Erregung nur noch 30 Prozent ihrer Sinneseindrücke zusammen, zumindest habe ich das mal so gelesen.

Und dann erinnerte ich mich daran, dass dieser Kerl, der mich in den Armen hielt, doch nicht zehn war, sondern bereits erwachsen, und deshalb mutete ich ihm einfach die Wahrheit zu. Und siehe da, er ließ sich mit einer großen Pfanne Bratkartoffeln und einem Jackie-Chan-Film trösten. Ich nutzte die Gelegenheit und tauschte den popofressenden String gegen die alten Studentenhöschen aus weißem Feinripp. Eine Stunde später mampften wir in trauter Zweisamkeit fettige Erdnussflips aus einer Schüssel und sahen barfüßigen Karatekämpfern beim Schurken-Vermöbeln zu. Ich linste meinen Schatz von der Seite an, und weil er in diesem Moment, der völlig frei von Erwartungen war, so unsagbar süß war, musste ich ihn einfach vom Karate zur Bettgymnastik losreißen. Wir liebten uns in dieser Nacht völlig frei und hemmungslos, und der große O hatte sich kurzfristig entschlossen, doch noch mal aus seinen Ferien zurückzukehren und meinen Feinrippschlüpfer erbeben zu lassen.

Der neue Spitzen-BH ruhte auf dem Boden und verströmte noch einen leichten Rosenduft, und ich lag verschwitzt, aber überglücklich in einem Haufen Erdnussflipskrümel. Vielleicht brauchen wir Frauen einfach ein paar stressfreie Abende, einfach eine alte Jogginghose, und vielleicht lassen auch Sie ab und zu mal den botanischen Garten sprießen und hören auf, sich für Ihren Bauch zu schämen. Und dann gibt es eine richtig ausgelassene Bescherung, denn schließlich sind wir Mädels doch für unsere Männer immer eines: das perfekte Geschenk!

Friederike Müller

Mehr Informationen über die Autorin unter www.jolie.de/sheels

9. Der One-Night-Reinfall

von Jenny Mahnke

*E*s war Samstag und höchste Zeit, den Stress der Woche abzuschütteln. Ein genervter Taxifahrer, der unseren Humor nicht teilte, jedoch unserer guten Laune keinen Abbruch tun konnte, brachte uns zur geliebten Partymeile.

Hier hatten wir schon oft gefeiert, doch heute sollte es etwas anders verlaufen. Zunächst war alles wie gewohnt. Ein freundliches »Hi!« zum Türsteher, ein neues Softpack Lights aus dem Automaten und dann ein erstes »Prost!« an der Bar.

Die 60er Jahre waren auf der Tanzfläche eingekehrt und wir warfen einen ersten Blick in die »R-E-S-P-E-C-T« kreischende Menge. Für gewöhnlich tanzten, lachten, tranken wir ein paar Stunden und fuhren dann gemeinsam zurück in die WG. Heute zwang mich mein Körper jedoch zu häufigen Mineralwasserpausen an der Bar, und in genau so einem Moment stand ER neben mir und kommentierte meine Bestellung mit den Worten: »Du trinkst Wasser?«

Mit dem mir bereits vorher angetrunkenen lockeren Mundwerk antwortete ich: »Einer von uns beiden muss doch heute noch den Weg nach Hause finden.« Die Worte wollte ich beim Aussprechen schon wieder rückgängig machen, doch ihm gefiel es und mir ein paar Cocktails später auch. Ich lehnte bereits wild knutschend an einer Musikbox, als ich langsam begriff, wie dieser Abend ausgehen würde.

Ein kurzer Blick auf mein Handy verriet, dass sich der Rest der WG bereits verabschiedet hatte. Einen Gute-Nacht-Cocktail später verließen auch wir den Club, und wie zu Beginn des Abends vorlaut angekündigt, erklärte ich dem Taxifahrer den Weg nach Hause.

Was sich in den restlichen Stunden der Nacht abspielte, versuchte ich am nächsten Tag beim Katerfrühstück zu rekonstruieren: Wir waren leidenschaftlich knutschend den Hausflur nach oben gestolpert, das war mir noch in Erinnerung geblieben. Mein Mr Sexy säuselte mir wilde Fantasien ins Ohr, und ich stellte fest, dass er nicht der langweilige Missionarstyp war und ich nicht vorbereitet für die 69.

Ich hatte mich panisch ins Bad zurückgezogen und mit gefühlten 2,3 Promille versucht, ein Brazilian Waxing an mir durchzuführen. Ich muss irgendwann verzweifelt in der Badewanne eingeschlafen sein. Zu meiner Erleichterung war mein Bett morgens leer, was für ein One-Night-Reinfall.

Jenny Mahnke

Mehr Informationen über die Autorin unter www.jolie.de/Y0k0

10. Gegen Einsamkeit: Orgasmus oder Marc-Jacobs-Schuhe?

von Stefanie Schweigert

*E*iner dieser typischen Single-Tage. Bis vor Kurzem hatte man noch einen Partner an seiner Seite, und nun? Jetzt sitzt man zu Hause vor dem TV mit Fertigessen vom Chinesen oder in der Stadt mit einem überteuerten Latte aus einem der Dutzenden Coffee-Shops, die sich mittlerweile wie Heuschrecken verbreiten.

Und – egal wohin man sieht – verliebte Pärchen. Gerade das fällt einem immer erst dann richtig auf, wenn man selbst wieder solo unterwegs ist. Sollte man nicht meinen, dass man in einer großen Stadt etwas anderes empfindet als Einsamkeit?

Beim Treffen mit meiner Freundin Cathy, die ebenfalls seit Kurzem zu den zahlreichen Single-Ladys zählt, fiel mir auf, dass es so viele großartige Single-Frauen, aber nur so wenige, großartige Single-Männer gibt. Während viele dieser Frauen die große Liebe suchen, hoffen viele der Männer dabei nur auf grandiosen Sex für eine Nacht.

Ich selbst gehöre zu der Sorte Frau, die noch an den Richtigen glauben und sexuelle Fantasien nur mit dem Partner und nicht bei einem One-Night-Stand ausleben.

Cathy hingegen lässt nur selten etwas anbrennen. Dass sie von ihrem Freund abserviert wurde, war für sie die Chance, neue Sachen auszuprobieren, besser gesagt, sich durch die große Vielfalt der Männerwelt zu schlafen.

Bei einem gemeinsamen Essen sprachen wir darüber, was bei Liebeskummer und Einsamkeit hilft. Ich lege mein Geld in solchen Momenten nur allzu gerne dort an, wo ich es auch sehen kann: in meinem Kleiderschrank. Neue Schuhe von Marc Jacobs trösten zwar oberflächlich, aber unheimlich gut über den Schmerz hinweg.

Cathy schwört dagegen auf ihre heißen Affären. Es gibt scheinbar nichts Besseres, als sich den Liebeskummer mit Kamasutra »wegzuvögeln«. Danach fühlt sie sich jedes Mal in ihrer Weiblichkeit und in ihren Qualitäten als die »Blow-Göttin« bestätigt. Deshalb hat sie in ihrer Buddy-Liste viele Männer gespeichert, für den Fall, dass die Beziehung scheitert: einfach einen »Déjà-Fick« genießen. Nach dem Motto: Die Einsamkeit einfach weg-»blasen«. Und stellt sich in der Beziehung heraus, dass er nicht Mr Right ist, macht das nichts, weil es auf der Welt noch viele Schwänze gibt, die gevögelt werden wollen.

Stellt sich jetzt nur die Frage, ob ein abgefahrener Orgasmus wirklich besser gegen Liebeskummer hilft als tolle Schuhe von Marc Jacobs, die mir persönlich länger anhaltende Befriedigung geben als ein sexueller Höhepunkt…

Stefanie Schweigert

Mehr Informationen über die Autorin unter www.jolie.de/Summer-breeze

11. (Be-) Erkenntnis einer Frau

von Katharina Hoppe

S ie zieht das rote Satinkleid an. Das rückenfreie, das er ihr geschenkt hatte. Dazu ihre neusten Pumps, ganz schlicht in Schwarz; seiner Meinung nach hat sie solche schon längst, aber ein Paar mehr oder weniger fallen bei den Hunderten, die sie schon im Schrank hat, auch nicht mehr auf. Sie kämmt ihr schulterlanges dunkles Haar, macht die Stecker mit den schwarzen Steinchen in die Ohren und ihr Lieblingsarmband um ihr Handgelenk.

Kritisch betrachtet sie sich im Spiegel. Irgendwas fehlt noch; sie sieht so gewöhnlich aus. Aber dann könnte es auch schon wieder zu viel werden, und sie will ja nicht aufgetakelt und eingebildet wirken.

»Schatz, wir sind spät dran, kommst du?« Er streckt seinen Kopf durch die Schlafzimmertür und sieht sie fragend an.

»Meinst du, ich kann so gehen?«

»Ach Schatz. Du siehst doch immer traumhaft aus. Und in dem bezaubernden Kleid wirst du sowieso die schönste Frau des Abends sein …«

»Das sagst du doch jetzt nur, um mich nicht zu enttäuschen. Egal wie ich aussehe, du würdest das immer zu mir sagen. Dann kann ich ja auch gleich einen Kartoffelsack überziehen. Na toll. Ich hab schon gar keine Lust mehr, dahin zu gehen. Ich bleibe hier. Geh du allein. Sag ihnen, ich hab Migräne.«

Sie schubst ihn aus dem Zimmer, setzt sich aufs Bett und ist wütend.

Tags drauf: Sie zieht sich den kurzen braunen Seidenrock an, darunter eine Nylonstrumpfhose, ihre knielangen Stiefel. Dazu ein rosa Top, darüber eine helle Bluse. Mit einem Lockenstab lockert sie ihr Haar auf, steckt sie mit einer silbernen Spange zusammen. Vor ihrem Spiegel malt sie sich die Lippen in einem sanften Rot-Ton und zieht ihren Lidstrich nach. Sie legt noch etwas Parfüm auf und fixiert ihre Frisur mit Haarspray.

»Schatz, bist du so weit? Das Taxi steht vor der Tür.«

»Noch eine Minute, bin noch nicht ganz fertig. So ... nimmst du mich so mit? Und sag nicht wieder, ich sei wunderschön!«

»Nein, Schatz, du bist nicht wunderschön. Wie kannst du dich nur so vor die Tür wagen? Kommst du nun endlich?«

Sie schreit ihn an: »Sag doch gleich, dass ich hässlich bin und du dich schämst, mit mir irgendwo hinzugehen. Geh! Verschwinde! Ich komme nicht mit.«

Wütend schlägt sie die Tür zu und beginnt zu weinen. Sie rutscht mit dem Rücken an der Tür hinab und setzt sich auf den Fußboden. Nach einiger Zeit hat sie sich wieder beruhigt. »Schatz, bist du noch da?« Aber sie bekommt keine Antwort. »Er ist wirklich ohne mich gegangen.«

Sie steht auf und stellt sich vor den Spiegel. »Ich bin doch gar nicht hässlich. Ich bin nicht zu dick, nicht zu klein, alles ist perfekt, so wie es ist. Er hat es doch nur gut mit mir gemeint. Und ich hab ihn provoziert, das zu mir zu sagen. Ich hab ihm Unrecht getan. Er liebt mich doch. Aber muss eine Frau nicht so reden? Frau darf doch nicht eingestehen, hübsch zu sein. Das macht frau einfach nicht. Warum eigentlich nicht? Wieso muss frau machen, was man von ihr erwartet? Wer hat das alles überhaupt entschieden? Ich bin eine Frau, lebe nach den Regeln einer Frau und weiß nicht einmal warum. Vielleicht sollte ich einmal diese frauentypischen Verhaltensweisen ablegen und einfach mal ich selbst sein. Ich bin eine attraktive, gut aussehende, erfolgreiche Frau.« Sie nimmt ihr Handy: »Schatz, es tut mir leid. Vergiss einfach alles, was ich gesagt habe. Es tut mir leid. Ich war blöd und ich weiß nicht einmal wieso. Würdest du mich abholen?«

»Aber sicher doch. Das Taxi steht noch draußen, wir haben auf dich gewartet. Ich wusste, dass du dich selbst erkennst.

Nun wisch dir die Tränen aus deinem hübschen Gesicht und komm.«

Selbstzufrieden sieht sie sich im Spiegel an. »Nun komm, schöne Frau. Gehen wir, lass uns leben. Es ist längst an der Zeit dazu.«

Katharina Hoppe

Mehr Informationen über die Autorin unter www.jolie.de/arania